Eva Roth

Lila Perk

Eva Roth
ist in einem kleinen Dorf in der Schweiz aufgewachsen und lebt heute in Zürich. Sie schreibt Theaterstücke und Prosatexte für Kinder und Erwachsene.

ISBN 978-3-7026-5948-6
2. Auflage 2024

Einbandgestaltung: Patrick Oberholzer

Druck und Bindung: Florjančič, Maribor

Wir legen Wert auf nachhaltige Produktion unserer Bücher und arbeiten lokal und umweltverträglich: Unsere Produkte werden nach höchsten Umweltstandards gedruckt und gebunden. Wir verwenden ausschließlich schadstofffreie Druckfarben und zertifizierte Papiere.

FSC www.fsc.org MIX Papier | Fördert gute Waldnutzung FSC® C106954

Eva Roth

Lila Perk

Jungbrunnen

1
Wir haben plötzlich ein Auto. Und es fährt.

„Iss fertig", sagte Papa, „ich zeig dir was."
Sofort zog ich die Schuhe an. Wir gingen hinaus und etwas die Straße hinunter. Papa zog einen Schlüssel aus der Hosentasche, und gleichzeitig blinkten die Lichter eines silbergrauen Autos, das am Straßenrand geparkt war. Es hatte hinten ein Ersatzrad, und ich war sicher, dass man damit auch durch Bäche fahren konnte.
„Steig ein", sagte Papa.
Er selbst öffnete die Tür rechts und setzte sich auf den Beifahrersitz. Wollte er wirklich, dass ich mich ans Steuer setzte? Ich zögerte.
Er stieg wieder aus, kam um das Auto herum und streckte mir den Schlüssel entgegen. „Ach so. Den brauchst ja du."
Ich sah mich um. Wenn uns jemand beobachtete? Wenn jemand dachte, mein Vater sei so verrückt geworden, dass ich nicht mehr bei ihm wohnen konnte? Ich blieb einfach stehen. In den Nachbarhäusern war niemand an den Fenstern zu sehen, aber wer konnte schon wissen, wer sich dahinter verbarg? Nur die alte Frau von gegenüber beugte sich im Vorgarten über ihre Einkaufstüte. Sie hatte uns nicht bemerkt. Trotzdem konnte ich mich nicht bewegen, ich konnte mich nicht hinter dieses Steuer setzen, selbst wenn ich gewollt hätte. Schon die Vorstellung davon gelang mir kaum.
„Warum soll ich mich ans Steuer dieses Autos setzen?", fragte ich.
„Weil wir verreisen", sagte Papa. „Und wenn mir irgendwo

im Nirgendwo etwas passiert, musst du mit dem Auto Hilfe holen."
„Mit dem Auto?"
„Klar."
Papa hatte Reisepläne? Und ich sollte ihn retten, wenn etwas passierte? Mit einem Auto? Und wenn etwas passierte, und ich schaffte es nicht, ihn zu retten? Würde ich dann ganz allein irgendwo im Nirgendwo zurückbleiben? Mir war schwindlig. Ich hielt mich am Auto fest.
„Wohin reisen wir?", fragte ich, aber er hörte es offenbar nicht.
Er schaute mich nur an und seufzte: „Also gut. Ich fahre nach vorne zum Parkplatz beim Baumarkt. Dann übernimmst du."

Ich wollte nicht. Meine Knie zitterten, und in meinem Bauch klumpte sich etwas zusammen. Als wir auf dem Parkplatz ankamen, merkte ich aber, dass Papa es ernst meinte. Er wollte, dass ich Autofahren lernte. Obwohl sich alles in mir dagegen sträubte, beschloss ich mitzuspielen. Ich wollte Papa auf keinen Fall wieder verlieren. Ich wollte, dass er weiter mit mir sprach, denn seit über einem Jahr hatte er nicht viel mehr zu mir gesagt als „komm!", oder „hast du Hunger?", oder „es ist Zeit." Das Einzige, was ich dafür tun konnte, war einzusteigen.

Meine Beine reichten kaum bis zu Gas und Bremse hinunter. Aber wenn ich sie durchstreckte, ging es.
„Das ist das Wichtigste", meinte Papa, „das Gas und die Bremse."
Von außen hatte das Auto größer ausgesehen als von in-

nen. Papa stellte mir den Sitz ein, damit ich über die Kühlerhaube sehen konnte: so hoch und so weit nach vorne, wie es ging. Ich hielt mich am Lenkrad fest.
„Wem gehört denn das Auto?“, fragte ich.
„Uns“, sagte Papa.

Links und rechts standen die geparkten Autos in Reihen.
„Das Wichtigste ist“, sagte Papa, „dass du keine Leute anfährst. Der Rest ist wie Autoscooter.“
Autoscooter? Das klang nach Jahrmarkt. Das klang nach einem Spaß, den wir früher einmal gehabt hatten, und ich erinnerte mich, wie ich mit Papa in einem kleinen Wagen Kurven gedreht und wie Mama vom Rand aus mit meiner Zuckerwatte gewinkt hatte. Ich würde also Autoscooter spielen. Jetzt war der Wagen einfach etwas größer als damals. Aber ich war ja auch größer geworden. Und Mama musste ich mir einfach vorstellen. Ich stellte mir vor, wie sie im Schatten des Baums vor den geparkten Autos stand und mir zuwinkte.
Ganz leicht drückte ich auf das Gaspedal.
Wir rollten! Wenn ich etwas stärker drückte, ging es schneller voran. Ziemlich schnell. Ich hatte keine Ahnung, ob ich mit genügend Abstand zu den Hinterteilen der anderen Autos fuhr. Ob Papa ins Lenkrad greifen würde, bevor ich einen Unfall baute? Weiter vorne überquerte eine Frau mit einem Baby im Tragetuch die Fahrbahn. In der Mitte blieb sie stehen und drehte sich um. Sie streckte die Hand nach einem Kleinkind aus, das ihr folgte. Ich erschrak fürchterlich und erinnerte mich nicht mehr, wo die Bremse war. Wir kamen der Frau und ihren Kindern immer näher, ich schrie, Papa zog die Handbremse und griff ins Steuer,

sodass wir einen kleinen Schlenker machten und dann mit einem Ruck stehen blieben.
Die Frau schaute verärgert in unsere Richtung, und Papa zischte:
„Tu, als ob du achtzehn wärst!"
Ich streckte mich so lang, wie es ging. Ich bin nämlich nicht achtzehn, sondern zwölf. Papa hob beschwichtigend die Hände. Die Frau nahm ihr Kind bei der Hand und ging weiter.

„Also gut", sagte Papa, „ich fahre uns jetzt zum Waldrand. Dort laufen keine wilden Menschen rum."
Auf dem Weg zum Wald lehnte ich mich erschöpft auf dem Beifahrersitz zurück. Ich hoffte, dass ich da sitzen bleiben konnte, während er die Waldwege abfuhr. Sollte ich ihm sagen, dass ich mit ihm fahren, aber mich nicht ans Steuer setzen wollte? Ich tat es nicht, damit er nicht wieder aufhörte, mit mir zu sprechen.
Als wir am Waldrand ankamen, zeigte mir Papa nochmals alles in Ruhe, und ich übte auf den Wegen weiter: Gas geben, bremsen, in der Spur bleiben. In der Spur zu bleiben, war gar nicht so einfach. Anhalten, den Hebel auf P stellen, abschalten. Einschalten, auf die Bremse steigen, auf D gehen, die Bremse loslassen, auf das Gas steigen, losfahren. Rückwärts, vorwärts. Ich umklammerte das Lenkrad, und alles fühlte sich an wie Autoscooter und Geisterbahn zusammen: gut und auch nicht so gut.

2
Papa spricht wieder

Schon ein paar Tage vor diesem Samstag, an dem mir Papa das Autofahren beibrachte, hatte er davon angefangen. Wir hatten in der Küche beim Frühstück gesessen. Er schob mir die Dose mit der Frühstücksschokolade über den Tisch und sagte: „Es ist Zeit, dass du Autofahren lernst."
Ich war platt, und zwar nicht, weil das Autofahren für Zwölfjährige verboten ist, sondern weil Papa überhaupt etwas zu mir sagte, an einem ganz normalen Montagmorgen. Ich rührte einen Haufen Schokoladenpulver mit Wasser zu einem Brei, löffelte und wartete darauf, dass er noch etwas sagen würde. Aber er saß einfach da und schaute mich mit leuchtenden Augen an.
Ich sagte: „Wir haben doch gar kein Auto."
Papa griff nach dem Buch neben sich. Es hieß *Überleben in der Wildnis: Alle wichtigen Tipps.*
Er schob es mir über den Tisch, klopfte mit dem Finger darauf und nickte. Dann stand er auf und sagte im Hinausgehen: „Der Mensch ist viel zu bequem geworden. Überleben kann man auch mit sehr wenig."
Ich wollte ihn daran erinnern, dass ich noch gar nicht Autofahren durfte. Und was sollte dieses Überlebensbuch? Bis jetzt hatte Papa sich nicht für die Natur interessiert, außer dass er wieder angefangen hatte zu joggen. Doch ich hörte schon sein „Tschüs!", und die Wohnungstür fiel ins Schloss.

Aus dem Buch wurde ich nicht schlau. Es handelte von sturmfesten Knoten und essbaren Wildpflanzen, aber ein

Auto kam darin nicht vor. Papa hatte gesagt, dass man mit sehr wenig überleben könne. Warum sollte ich Autofahren lernen, wo wir doch bis jetzt prima ohne Auto ausgekommen waren? Auf dem Schulweg dachte ich darüber nach. Was wollte Papa mit dieser verrückten Idee und dem Buch? Und warum sagte er nichts Genaues dazu? Ich freute mich zwar ein wenig, dass er etwas mit mir vorhatte, aber dass es gleich Autofahren sein musste, war sonderbar.

Das Buch blieb in den nächsten Tagen auf dem Küchentisch liegen. Manchmal blätterte ich darin, doch Papa sagte nichts mehr dazu. Ich traute mich nicht nachzufragen, weil ich spürte, dass etwas ganz Neues in ihm vorging. Das vergangene Jahr war schrecklich gewesen. Seit Mama weg war, hatte Papa die ganze Zeit mit grauem Gesicht am Tisch gesessen und durch mich hindurch gestarrt. Ich hatte auch oft am Tisch gesessen. Zwischendurch war Papa arbeiten gegangen und ich zur Schule. Ab und zu waren Oma und Opa Perk vorbeigekommen und hatten Eintopf gekocht, damit wir etwas Warmes hatten. Sie hatten versucht, mit uns zu sprechen. Anfangs hatten sie geflüstert, aber mit der Zeit hatten sie wieder normal bis extralaut über gewöhnliche Sachen wie Gummistiefel, Kartoffelsalat und den Hund des Nachbarn gesprochen. Nur nicht über Mama. So ging das bis in diesen Frühsommer hinein.

Die Woche verging, und das Buch lag in der Küche. Ich schob es mal ans eine Ende des Tisches, mal ans andere. Ich drehte es auf die Rückseite, dann wieder auf die Vorderseite, auf der ein Mann vor seinem Zelt abgebildet war. Manchmal stellte ich mir vor, wie es wäre, wenn ich ein Auto steu-

ern würde. Papa beachtete das Buch nicht und sprach auch nicht mehr darüber, aber er räumte es auch nicht weg.
Am Samstag aber lehrte er mich das Autofahren, und ich fragte mich, ob das Nirgendwo, wo ich ihn vielleicht retten sollte, die Wildnis war, von der sein Buch handelte.

3
Oma und Opa Perk

Am Sonntagabend briet Opa Perk Würste auf dem Grill, und wir saßen in einer Reihe nebeneinander, weil unser Balkon ziemlich schmal ist.
„Bald sind Sommerferien“, sagte Oma und lächelte zuerst mich und dann Opa an, der die Würste auf dem Grill immer wieder drehte.
Opa rief: „In den Sommerferien gibt es nichts Schöneres als Strand und Meer.“
Oma strich mir über das Haar: „Wir haben wieder die Ferienwohnung in Kroatien gemietet. Möchtest du mit uns kommen? Natürlich darfst du auch diesmal deine Freundinnen mitnehmen. Opa und ich fanden es prima mit euch, letzten Sommer.“
„Wir haben schon Pläne“, sagte Papa. „Vielleicht kommt Lila ein andermal wieder mit euch.“
„Pläne?“, rief Opa, während Oma sich bemühte, mich anzulächeln.
„Was habt ihr denn vor?“, fragte sie mich.
Ich zuckte mit den Schultern. Genau das wollte ich ja auch wissen!

Papa sagte: „Ich will einfach mal wieder weg. Mir etwas gönnen. Mit Lila. Wir fahren los und schauen, wohin es uns zieht. Wenn es uns irgendwo gefällt, bleiben wir, sonst fahren wir weiter."
„Fahren?", fragte Opa. „Womit denn?"
„Wir haben jetzt ein Auto", erklärte Papa, und ich rief: „Und ich ...!"
Aber Papa warf mir einen eindringlichen Seitenblick zu. Ich merkte sofort, dass ich Oma und Opa nichts vom Autofahren erzählen durfte. Ich sagte: „Und ich wollte sowieso auch wieder mal weg."
Oma und Opa Perk waren enttäuscht, das spürte ich genau. Aber sie rissen sich zusammen und sagten zu Papa: „Schön, Peter, dass du wieder Pläne hast. Das wird Lila und dir guttun."

Ich war mir nicht sicher: Natürlich wollte ich mit Papa in Urlaub fahren. Aber letztes Jahr hatte ich mit Ria und Jacqueline, meinen besten Freundinnen, zwei Wochen bei meinen Großeltern am Meer verbracht. Das war das Beste gewesen in diesem ersten Sommer ohne Mama. Papa war zu Hause geblieben. Ehrlich gesagt, war ich damals froh, dass er nicht mitgekommen war. Jetzt aber redete er wieder, und wir teilten ein Geheimnis. Das wollte ich nicht mehr verlieren.

4
Nachtfahrt

Nachdem Oma und Opa Perk sich verabschiedet hatten, war es bereits dunkel.
„Wir üben noch eine Runde", sagte Papa. „Jetzt ist nicht viel Verkehr, und im Notfall ist es wichtig, dass du auch in der Nacht fahren kannst."
Ich hätte längst im Bett sein müssen. Aber für Papa gab es offenbar Wichtigeres: Nachtfahren.
Diesmal saß ich am Steuer. Ich fuhr unsere Straße hinunter. Alles war still, und der Scheinwerfer streifte die Hecken der Vorgärten. Vor Rias Haus erkannte ich das Auto ihrer Eltern. Oben waren noch einige Fenster erleuchtet, aber ich hatte keine Zeit zu schauen, ob es Rias Wohnung war oder die daneben. Papa saß kerzengerade neben mir und umfasste die Handbremse. Mit der anderen Hand dirigierte er mir die Richtung und gab kurze Anweisungen: „Bremse. Rechts, dann anrollen und hinunter. Vor dem Bahnhof wieder rechts."
Plötzlich wusste ich, wohin er wollte: zum Platz vor dem Güterschuppen.

Vor dem Güterschuppen gab es eine Rampe. Unter diese Rampe kroch ich oft, wenn ich allein sein wollte und trotzdem keine Lust hatte, nach Hause zu gehen. Unter der Rampe war es immer trocken, und manchmal machte ich dort sogar meine Hausaufgaben. Es war der beste Unterschlupf im ganzen Viertel, und es war nur erstaunlich, dass nicht viele andere das auch schon gemerkt hatten.

Unter der Rampe war ich immer für mich. Auf der Rampe, also direkt über mir, trafen sich seit zwei Wochen einige aus der achten Klasse und rauchten. Aber davon hatte Papa keine Ahnung, als wir am Güterschuppen vorbeifuhren. Es war schon fast Mitternacht, aber da saß tatsächlich Aurel und ließ die Beine baumeln. Er schaute genau zu mir, und in seiner Hand glomm eine Zigarette. Hoffentlich hatte er mich nicht erkannt! Aurel kannte ich von früher, als er noch in die gleiche Schule ging wie ich und berühmt war für seinen Rekord im Hausordnung-Abschreiben. Bis am vergangenen Donnerstagnachmittag hatte er mich jedoch nicht gekannt, denn ich war ja zwei Jahre jünger als er. Aber dann war etwas Peinliches passiert. Ich hatte unter der Rampe gesessen und denen aus der Achten zugehört:

„Glaubst du's nicht?“, hatte Aurel gerufen, und seine Stimme hatte sich überschlagen. „Glaubst du nicht, dass ich das könnte? Noch bevor du dich umgedreht hast?“

„Was, umgedreht“, hatte ein Mädchen geschrien, „wenn du es tun würdest, würden wir uns bestimmt nicht umdrehen!“

„Gib mir lieber noch was“, hatte jemand anderer gesagt, und kurz war es ruhig.

Dann waren Aurel und ein Mädchen aus der Gruppe von der Rampe weg nach vorne zum Gebüsch gelaufen. So konnte ich sie gut sehen. Aurel war vor dem Mädchen gestanden, und sie hatte auf ihn eingeredet, ihn an den Schultern gefasst und ihn geküsst. Da hatte er sie an sich gezogen. Über mir auf der Rampe hatten alle gegrölt und gejohlt und geklatscht. Aurel und das Mädchen waren grinsend zurückgekommen, und da hatten sie mich entdeckt.

„He!“, hatte das Mädchen gerufen, „komm mal raus!“
Ich hätte fast in die Hose gemacht. Alle hatten mich angestarrt, und jemand hatte gefragt: „Sitzt du schon lange da unten?“
Ich hatte nur mit den Schultern gezuckt, und ein anderes Mädchen hatte gemurmelt: „Sie konnte ja nicht sehen, was da oben abging.“
Aurel hatte mich gefragt: „Wie heißt du?“
„Lila“, hatte ich gesagt, und er hatte gelacht: „Ich habe dich nicht nach deiner Lieblingsfarbe gefragt.“
„Ich heiße Lila“, hatte ich etwas lauter wiederholt. Er hatte wie ein Fußballspieler, der nicht schuld am Foul ist, die Hände von sich gehalten und gesagt: „Okay, okay, Lila. Ich heiße Aurel. Das bedeutet der Goldene.“
Alle hatten gelacht. Dann hatte das Mädchen, das ihn geküsst hatte, zu mir gesagt: „Also“, und ich hatte gespürt, dass das die Aufforderung war zu verschwinden.
Sonst hatte niemand mehr etwas gesagt, und ich war gegangen, und das alles war mir so peinlich gewesen, dass ich seither nie mehr unter die Rampe gekrochen war.

Und nun saß ich mitten in der Nacht hinter dem Steuer eines Autos neben meinem verrückten Vater und sollte so tun, als ob ich erwachsen wäre, und da vorne saß Aurel. Offenbar gab es Dinge, die immer noch peinlicher wurden, auch wenn man dachte, das sei nicht möglich. Ich bremste ab, bis das Auto stand.
Papa drehte sich erschrocken zu mir: „Was ist?“
„Ich kann da nicht noch einmal durchfahren“, sagte ich, und ich war plötzlich so klein, dass ich nicht mehr über die Kühlerhaube sah.

„Aber im Notfall …“, begann Papa, doch dann überlegte er es sich anders: „Also gut. Ich fahre nach Hause.“
Wir stiegen beide aus. Als ich um das Auto herumging, sah ich, wie Aurel mich anstarrte. Ich machte, dass ich so schnell wie möglich auf die Beifahrerseite kam. Was, wenn Aurel uns verriet?

5
Verrückte Namen

Seit Mama weg war, passte nichts mehr zusammen. Manchmal war mir schlecht vor Angst, doch ich wusste nicht, wovor ich mich fürchtete. Dann dachte ich schnell an die Hausaufgaben, ans Mittagessen oder an die Klarinettenstunde. Wenn ich nicht an diese normalen Dinge gedacht hätte, wäre ich tot umgefallen. Es war wie ein schwarzer Wirbel, der mich einsaugen wollte. Genau genommen hatte ich dieses Gefühl schon seit zwei Jahren, seit Mama krank geworden war. Vielen aus meiner Klasse fiel aber erst auf, dass bei mir etwas nicht so lief wie bei ihnen, als Mama weg war. Und plötzlich benahmen sie sich anders mir gegenüber. Plötzlich hatten sie Mitleid mit mir, wussten nicht mehr, was sie mit mir sprechen sollten oder waren übertrieben nett. Sie nannten mich auch nicht mehr so oft wie früher „Lila Zwerg“, sondern einfach Lila. Mit Ausnahme von ein paar Jungs. „Lila Zwerg“ hatte ich geheißen, weil ich bis in die vierte Klasse die Kleinste gewesen war. Und weil irgendein Schlaumeier gefunden hatte, dass es ähnlich klingt wie Lila Perk, obwohl sich das nur einer ausdenken konnte, der zu dumm zum Reimen ist. Das Schlimme aber war, dass es auch eine Fruchtquark-Marke gab, die „Lila Zwerg“ hieß, und so blieb der Name einfach an mir hängen, als ob er normal wäre.

„Lila Perk“, hatte Mama manchmal gesagt, „wir haben dir den schönsten Namen überhaupt gegeben. Nicht wahr, Peter?“ Papa nickte dann immer und sagte: „Klar.“
Eltern haben keine Ahnung.
Vielleicht wäre es schlauer gewesen, wenn sie mir Papas Namen gegeben hätten. Er heißt nämlich Genner. Dann wäre ich jetzt Lila Genner, Tochter von Peter Genner. Aber meine Eltern hatten ja auch keine Ahnung gehabt, dass Mama plötzlich weg sein würde.

Meine beste Freundin hieß Jacqueline. Jacqueline war auch ein verrückter Name, ziemlich altmodisch. Vielleicht war er noch verrückter als meiner. Aber er klang nicht wie Fertigpizza, Duschgel, Quark oder so was, sondern passte einfach zu Jacquelines Mutter. Die sammelte Porzellantassen mit Goldrand, trug Schmuck mit Glitzersteinchen und wollte ihrer Tochter den Namen ihrer Großtante geben. Dass Jacqueline ein verrückter Name war, bekam ich erst mit der Zeit mit, als ich merkte, dass alle Leute zweimal nachfragten, bevor sie glaubten, dass Jacqueline wirklich Jacqueline hieß. Ich konnte mir nicht vorstellen, dass sie anders heißen könnte, und sie selbst mochte ihren Namen auch.

6
Wenn man zu dritt wäre

In der Pause saß ich mit Jacqueline auf dem umgelegten Baum. Ein Ball rollte vor unsere Füße, ich hob ihn hoch. Marco rannte herbei und keuchte: „Hey, Lila Zwerg, wirf!"
Ich warf den Ball hinter mich, und wenn Mama nicht weg wäre, hätte Marco jetzt wohl „dumme Kuh!" oder „Arschloch!" zu mir gesagt. Jetzt verkniff er sich das und starrte mich nur zornig an. Jacqueline und ich drehten uns um. Wenn wir zwei gleichzeitig jemandem den Rücken zudrehten, wirkte es viel besser, als wenn ich das alleine tat. Wenn Ria noch dabei gewesen wäre, hätte das Ganze noch wuchtiger ausgesehen, denn Ria war groß und hatte massenhaft Haare. Das war das Schöne daran, mit Ria und Jacqueline befreundet zu sein, diese Dreifachwirkung.
Jacqueline seufzte: „Die sind so kindisch, die Jungs."
„Kennst du Aurel?", fragte ich.
„Aurel aus der Achten?" Sie sah mich mit großen Augen an. „Was ist mit dem?"
„Nichts", sagte ich. „Der hängt immer beim Güterschuppen rum."
„Ja", seufzte Jacqueline wieder, „Aurel ist bestimmt nicht so kindisch wie Marco."
„Zum Glück nicht", sagte ich, und das hätte ich nicht sagen sollen, denn Jacqueline drehte sich grinsend zu mir um.
„Bist du etwa in Aurel verknallt?"
„Nein!", rief ich, aber in ihr hatte sich diese Idee bereits festgesetzt: „Oh, ausgerechnet Aurel! Der baut immer noch ziemlich viel Mist, frag mal Rias Schwester!"

„Er raucht“, sagte ich.
„Siehst du?“, sagte Jacqueline. „Und ich habe auch gehört, dass die Walze immer noch mit ihm zu tun hat, obwohl er längst nicht mehr hier zur Schule geht.“
Die Walze war unsere Lehrerin. Aurel hatte mit ihr zu tun? Was, wenn er ihr verriet, dass ich Auto gefahren war? Doch davon konnte ich Jacqueline leider nichts erzählen. Schnell wechselte ich das Thema:
„Meine Großeltern wollten eigentlich, dass ich in den Ferien mit ihnen nach Kroatien fahre. Du und Ria wärt auch wieder eingeladen.“
„Echt?“ Jacqueline strahlte. „Wann genau?“
Mir wurde unwohl.
„Das Problem ist“, sagte ich, „dass mein Vater mit mir Urlaub machen will. Ich kann nicht nach Kroatien fahren.“
„Oh“, sagte Jacqueline. „Dann können Ria und ich wohl auch nicht nach Kroatien fahren.“
Eine Weile blieben wir stumm und baumelten mit den Beinen. Die Jungs rannten immer noch mit roten Köpfen dem Ball hinterher. Am Himmel flog ein Schwarm Vögel vorbei.

Dann fragte Jacqueline: „Was habt ihr denn vor, dein Vater und du?“
„Wir fahren mit dem Auto einfach mal los“, sagte ich. Mehr fiel mir nicht ein.
„Autoferien? Mit welchem Auto?“
Jetzt musste ich aufpassen. Ich durfte Papa nicht verraten.
„Wir haben jetzt ein Auto, ein silbergraues. Wir wollen wieder mal weg. Mal Ferien machen.“
Jacqueline sah mich an und nickte ernst. Dann sagte sie: „Ich besuche meine Tante in Köln.“

7
Papas Regeln

Ich konnte auch abends Frühstücksschokolade löffeln, zum Beispiel an diesem Abend, als ich auf Papa wartete und darauf, dass er das Handy rausrückte. Das Erstaunliche war, dass er während eines ganzen Jahres das Sprechen verlernt und nur noch vor sich hin gestarrt hatte, aber die paar Dinge, die er noch mit Mama ausgemacht hatte, spulte er einfach ab. Dazu gehörte, dass ich mein Handy erst nach dem Abendessen bekam. Das war schon der dritte Abend in dieser Woche, an dem er besonders lange wegblieb. Der Schokoladenbrei klebte mir am Gaumen. Eigentlich hatte Papa eingekauft, mit dem Auto. Jetzt war der ganze Kühlschrank voll mit Lebensmitteln, doch ich wusste nicht, ob ich mit dem Essen auf ihn warten sollte.
Endlich hörte ich die Wohnungstür, und dann stand er vor mir im nassen Trainingsanzug und roch nach Schweiß und Eisen.
„Herrlich ist es im Wald, auch wenn es regnet!", sagte er. „Ich habe deine Lehrerin getroffen, auf der Finnenbahn. Eine sehr nette Person!"
„Was, die Walze joggt?", fragte ich, aber Papa war bereits auf dem Weg zur Dusche. Ich versuchte, mir meine Lehrerin im Laufschritt und außer Puste vorzustellen, doch es gelang mir nicht.

Nachdem Papa geduscht hatte, schnitten wir Brot und Käse auf, und Papa gab mir endlich mein Handy. Gleich ging es los:

„Hast du Nr. 5?“, schrieb Ria.
„3467“, gab ich zurück.
„You are the best“, antwortete Ria. Sie konnte Englisch wie niemand sonst. Wenn sie sprach, klang es immer wie Hip-Hop.
Nach einer Weile fragte sie, ob ich noch rauskomme, Jacqueline sei auch da und einige andere.

Ich holte mir ein Joghurt aus dem Kühlschrank. Wenn es regnete, trafen wir uns immer in der Tiefgarageneinfahrt von Rias Wohnblock. Manchmal waren auch Rias Schwester und ein paar andere Kinder dabei. Ich hatte Ria noch nicht gesagt, dass sie dieses Jahr nicht mit uns in die Ferien fahren könne und hoffte, dass Jacqueline es ihr bereits erzählt hatte.

„Kommst du oder nicht?“, schrieb Ria.
Ich schaute zu Papa, der am Tisch saß und vor sich hinstarrte. Aber diesmal waren seine Augen nicht so leer wie in den vergangenen Monaten, sie leuchteten, und er lächelte sogar ein wenig. Als ich ihn fragte, ob ich noch eine Stunde rausdürfe, zuckte er zusammen und fragte: „Sollen wir lieber noch eine Runde mit dem Ixypsilon drehen?“
Von da an hieß unser Auto XY. Und ja, ich wollte noch eine Runde damit drehen, wegen Papa.

8
Wenn es nach Glück riecht

An diesem Abend ging es um die Hebel seitlich des Steuers: Ich lernte, wo man das Licht ein- und ausschalten konnte, wo der Blinker war und wie man den Scheibenwischer betätigte. Das war auch nötig, denn es regnete zwar nicht stark, aber die Frontscheibe wurde immer wieder von einem Film feiner Tropfen bedeckt.

Diesmal stieg Papa aus und ließ mich im Wald ganz allein eine Runde drehen. Einmal den Waldweg hinauf, bei der Abzweigung links hinunter bis zum Forsthaus, dann wieder nach links und in einem großen Bogen und kleineren Kurven zu ihm zurück.

Ich fuhr mit Scheibenwischern, und ich blinkte vor jeder Kurve. Die Scheinwerfer beleuchteten die Baumstämme, obwohl es noch nicht dunkel war. Plötzlich war ich so glücklich, dass sich in meinem Bauch alles zusammenzog. Schon lange war ich nicht mehr so glücklich gewesen wie jetzt, wo ich trocken in dieser Kapsel saß, im XY, und durch den Wald fuhr, während die Tropfen über die Windschutzscheibe rannen. Es war wie im Märchenwald, hinter jedem Baum tauchte noch einer auf und schien nur für mich da zu sein. Ich fuhr langsam, damit ich sah, wie es im Unterholz tropfte. Der Wald schien aus lauter grünen Flecken zu bestehen, aus kleinen und großen Blättern, die im Regen zitterten. War es in Ordnung, glücklich zu sein, wenn man eine Mutter hatte, die weg war? Beim Forst-

haus fiel mir ein, wie wir einmal hier spaziert waren, und Mama war den ganzen Weg mit mir gehüpft. Ich erinnerte mich an ihr Lachen, sie hatte beim Hüpfen auf eine Weise gelacht wie sonst nie, wie ein Mädchen. Ich versuchte, es nachzumachen, und es passte zu den tanzenden Tropfen da draußen. Dann drückte ich richtig fest aufs Gas. Ich stellte mir vor, wie der Kies unter den Rädern hervorspritzte, und kurz bevor ich um die Kurve bog, hinter der Papa auf mich wartete, bremste ich ab und setzte den Blinker.
Als ich Papa am Wegrand stehen sah, versuchte ich, eine betrübte Miene aufzusetzen. Aber dann stellte ich fest, dass er grinste. Wirklich, er grinste, und plötzlich sah er wieder wie ein echter Vater aus, fast wie früher, nur etwas stoppeliger. Er stand da mit einer entwurzelten Staude in der Hand, sah mir entgegen und wartete, bis ich mit dem Auto neben ihm hielt. Das Glück kitzelte in meinem Bauch, und als Papa seine Regenjacke auszog und die Pflanze darauf in den Kofferraum bettete, fragte ich: „Was ist das?"
„Waldmeister", sagte Papa. „Endlich habe ich einen gefunden, der noch blüht."

Er setzte sich ans Steuer, und wir fuhren zur Tankstelle beim Einkaufszentrum.
„Klar", dachte ich, „Benzin tanken muss ich ja im Notfall auch können." Aber Papa tankte gar nicht, sondern verschwand im Shop und kam kurz darauf mit einer Chipstüte zurück. Er öffnete sie, nahm sich ein paar Chips und schüttete mir welche in die Hand. Wir aßen die ganze Tüte leer. Dann setzte Papa den Waldmeister hinein. Schön sah die Pflanze aus mit ihren weißen Blüten und dem bunten

Chipstütentopf, wie aus einem besonderen Blumenladen, nur dass sie nach nassem Wald roch.

Wir fuhren nicht direkt nach Hause. Papa bog kurz vor der Gerberstraße in die Altstadt ein. Wir hielten am Straßenrand. Papa holte den Waldmeister aus dem Kofferraum, näherte sich einem Haus mit Vorgarten und stellte den Waldmeister in einen Briefkasten. Das war seltsam. Sehr, sehr seltsam, und auch schade um den schönen Waldmeister, der gut auf unseren Balkon gepasst hätte. Wieder fragte ich mich, ob Papa verrückt geworden war.
„Wohnt hier nicht die Walze?“, fragte ich, als er wieder im Auto saß.
„Wer?“ fragte er.
„Frau Stieger.“
Statt meine Frage zu beantworten, schüttelte er nur kurz den Kopf und murmelte: „Die Walze?“
Und dann sprachen wir nicht mehr.

9
Frau Stieger

Frau Stieger wurde schon Walze genannt, bevor sie unsere Lehrerin war. Sie hatte einen dicken Hintern, aber der Name kam wohl eher daher, dass sie wie eine Walze auf einen zufahren konnte und nicht bremste, bis sie alles hatte, was sie von einem wollte. Sie hatte blaue Augen, dunkel wie Steine. Niemand hatte eine Chance, ihr zu widersprechen. Ihren Blick konnte sie in die hinterste Ecke des Klassenzimmers

schicken, und schon war es ruhig, weil sich alle bei irgendetwas ertappt fühlten, obwohl sie gar nichts Schlimmes getan hatten. Wenn Frau Stieger mitbekommen hätte, dass viele sie für eine dumme Kuh hielten, hätte sie nur mit den Schultern gezuckt. Was andere von ihr hielten, war ihr egal. Alles, was sie wollte, war die Wahrheit. Wenn jemand sich davor drücken wollte, kam sie richtig in Fahrt. Sie konnte einen dazu bringen, Dinge zu erzählen, die man gar nicht preisgeben wollte. Lügen war nutzlos: Ria hatte zum Beispiel einmal „Eternal Love“ an die Toilettentür geschrieben. Mit wenigen treffsicheren Fragen hatte die Walze noch am gleichen Tag die Schuldige gefunden. Ria musste nach der Schule alles wegputzen, aber noch peinlicher war ihr, dass die Walze ihr entlockt hatte, wem sie ewige Liebe schenken wollte. Allerdings hatte Frau Stieger es niemandem verraten, und was sie sonst noch besprochen hatten, behielt Ria auch für sich. Nicht einmal Jacqueline und mir erzählte sie es.
„Die Walze ist ja eine dumme Kuh“, sagte Ria, „aber sie sagt auch, dass man auf sich aufpassen soll. Und ich will nicht, dass alle alles wissen von mir.“

Vor der Pause hielt mich die Walze zurück.
„Was ist mit dir, Lila?“, fragte sie. „Du warst nicht bei der Sache.“
„Ich weiß nicht“, sagte ich. Ich konnte ihr ja nicht erzählen, dass ich neben den Französischvokabeln auch noch Autofahren gelernt hatte. Und dass mein Vater ihr einen Waldmeister in den Briefkasten gelegt hatte. Was würde sie nur von Papa denken?
„Du musst lernen zu sagen, was dich beschäftigt“, sagte sie. „*Ich weiß nicht* ist keine Antwort auf meine Frage.“

Sie setzte sich mit der Hälfte ihres breiten Hinterns auf die Pultkante und faltete die Hände im Schoß. Dabei ließ sie mich nicht aus den Augen. Konnte es sein, dass sie Papa und mich am Abend gesehen hatte? Am besten erzählte ich ihr gerade so viel, dass sie etwas hatte, was sie noch nicht wusste, aber nicht merkte, dass mein Vater verrückt war.
„Ich habe an die Ferien gedacht", sagte ich. „Mein Vater und ich fahren mit dem Auto in die Berge."
„In die Berge?", fragte sie. „Nicht ans Meer?"
„Nein", sagte ich. „Meine Großeltern haben eine Ferienwohnung in Kroatien am Meer. Aber mein Vater und ich fahren mit dem Auto in die Berge." Ich fand, dass das alles ziemlich normal klang.
Frau Stieger sah mich an: „Stimmt das wirklich mit den Bergen?"
Das macht sie immer, die Walze. Sie riecht, wenn jemand nicht die Wahrheit erzählt. Aber statt meine Antwort abzuwarten, fragte sie gleich weiter: „Und wo wohnt ihr da?"
Es schien ihr wirklich sehr wichtig zu sein, mich beim Lügen zu ertappen. Ich wollte so schnell wie möglich hinaus auf den Pausenplatz.
„Wir übernachten in Berghotels und so", sagte ich, obwohl ich keine Ahnung hatte.
„Wirklich?", fragte sie und kniff die Augen zusammen, um noch besser sehen zu können, ob ich die Wahrheit sagte.
„Ja, ich glaube schon", sagte ich.
„Du weißt es also nicht genau", stellte sie fest und zeigte auf mich. „Kein Wunder, dass dich das beschäftigt."
Sie strich sich eine Strähne hinters Ohr:
„Ich sollte wieder einmal mit deinem Vater sprechen. Richte ihm aus, dass ich mich bei ihm melden werde. Auf jeden

Fall ist es gut, dass ihr zusammen verreist. Ihr solltet euch etwas gönnen."
Das ließ mich kurz stutzen: Hatte nicht Papa dasselbe gesagt, und es hatte gar nicht zu ihm gepasst? Trotzdem, es war geschafft. Die Walze hatte mit keinem Wort den Waldmeister erwähnt. Warum sollte sie auch auf die Idee kommen, dass er von meinem Vater war? Schnell ging ich hinaus zu den anderen.
Und was das Gespräch betraf, machte ich mir keine Sorgen: Seit Mama weg war, musste Papa immer wieder mal zum Elterngespräch. Das machen Lehrerinnen so, wenn in einer Familie etwas Schlimmes passiert ist, um zu verhindern, dass die Kinder nur noch schlechte Noten schreiben.

10
Aurel

Jacqueline, Ria und ich saßen auf der Schulhofmauer und schauten die Straße rauf und runter. Ria hatte von Jacqueline erfahren, dass meine Großeltern uns wieder in die Ferien eingeladen hatten, aber mein Vater dies nicht erlaubte. Sie maulte: „Ihr könnt ja nachher noch zusammen irgendwohin fahren. Wirklich! Dein Vater ist ein Egoist."
Jacqueline stieß sie in die Seite: „Lass sie! Jetzt haben wir sowieso noch andere Probleme."
Und dann regte sie sich furchtbar über die Walze auf, weil die noch in der zweitletzten Woche vor den Ferien einen Mathetest angesetzt hatte. Ria und ich kamen nicht zu Wort, wir konnten nur nicken und seufzen und leise flu-

chen, und beim Fluchen wollte ich möglichst schnell vergessen, dass Ria Papa einen Egoisten genannt hatte. Doch plötzlich rief Ria: „Oh!“, und zeigte die Straße hinunter.
„I can’t trust my eyes!“, flüsterte sie, und jetzt sahen auch wir, wer in unsere Richtung schlenderte: Aurel. Jacqueline fuhr sich durchs Haar, und ich hatte furchtbare Angst, dass jetzt alles herauskam und Papa mich vielleicht gar nicht mehr erziehen durfte, weil er verbotene Dinge mit mir machte. Ich wäre am liebsten verschwunden, aber das ging jetzt nicht mehr.
Aurel blieb vor uns stehen und grinste uns an. Genau genommen grinste er *mich* an und fragte: „Du kannst echt Autofahren?“
Ria und Jacqueline drehten sich erschrocken zu mir um, und ich sagte nichts, ich war wie gelähmt, nur meine Knie zitterten. Vielleicht ging dieser Moment einfach vorbei, wenn ich mich tot stellte? Aber da sagte Aurel: „Ich habe dich gesehen, letzten Sonntag, ziemlich spät.“
Ria fasste sich zuerst. „Quatsch“, sagte sie, und Jacqueline schob nach: „Bestimmt nicht.“
„Und wer war der Typ neben dir?“, fragte Aurel.
Ich krächzte: „Das war kein Typ, das war mein Vater.“ Jacqueline und Ria starrten mich entsetzt an.
„Dein Vater lässt dich Auto fahren?“, fragte Aurel begeistert. „Zeigst du mir, wie es geht?“
Ich schüttelte den Kopf und hätte mich am liebsten verkrochen. Doch Aurel ließ nicht locker. „Gibst du mir deine Nummer?“
Ria und Jacqueline tauschten vielsagende Blicke. Und ich diktierte Aurel meine Handynummer, damit er schnell wieder verschwand und nicht noch mehr ausplauderte. Ich

musste ihm unbedingt klarmachen, dass er das Geheimnis für sich behalten musste. In diesem Moment kam die Walze aus dem Schulhof heraus.
„Aha“, sagte sie. „Hallo Aurel. Was machst du hier?“
Sie durchbohrte ihn mit ihrem steinblauen Blick.
Aurel trat nervös von einem Bein aufs andere und sah neben der Walze plötzlich klein aus.
„Ich wollte nur denen da Hallo sagen“, sagte Aurel.
„Aha“, wiederholte Frau Stieger. Sie schaute uns der Reihe nach an, mich am längsten. „Jetzt geht mal alle schön nach Hause“, sagte sie, und im Weggehen zu Aurel: „Wir sehen uns ja noch.“
„Dumme Kuh“, zischte Aurel, als sie weg war. „Immer mischt sie sich ein.“
„Musst du bei ihr nachsitzen? Warum?“, fragte Ria.
Aurel kickte gegen die Mauer und gab keine Antwort. Dann machte er sich davon, in die Richtung, aus der er gekommen war.

Am nächsten Tag hielt mich Frau Stieger schon wieder zurück nach der Schule.
„Ich habe mit deinem Vater gesprochen“, sagte sie. „Weißt du jetzt mehr über deine Ferien?“
„Nein“, sagte ich.
„Mir hat er erzählt, dass ihr mit dem Auto einfach mal losfahrt, nach Frankreich vielleicht. Das ist toll, du kannst ja bereits ein wenig Französisch. Freust du dich?“
„Ich weiß nicht. Ja.“
„Frankreich wird dir gefallen. Und ich glaube, dein Vater freut sich sehr darauf. Es ist ja auch ein Abenteuer, einfach so aufs Geratewohl loszufahren. Nehmt ihr das Zelt mit?“

„Ich weiß nicht. Wir haben ja gar kein Zelt."
Frau Stieger lachte. „Soviel ich weiß, hattet ihr bis vor Kurzem auch kein Auto. Lass dich mal überraschen. Aber versprich mir eins." Jetzt wurde sie ernst, und sie sah mir direkt in die Augen. „Frag deinen Vater, was er vorhat. Und rede auch mit bei seinen Plänen. Schließlich sind es auch deine Ferien."
Ich nickte und wollte gehen, aber sie fragte: „Ach übrigens, ich wusste gar nicht, dass du und deine Freundinnen mit Aurel zu tun habt."
„Ich kenne ihn nicht gut", sagte ich.
„Ich kenne ihn dafür ziemlich gut", sagte sie. „Er ist ja bei mir zur Schule gegangen, bevor ich eure Klasse übernommen habe. Er ist ein netter Junge, aber man sollte nicht bei all seinen Ideen mitmachen."

Auch in den nächsten zwei Schulwochen, den letzten vor den großen Ferien, ging ich nicht mehr unter die Rampe. Jeden Tag fragten mich Ria und Jacqueline, ob sich Aurel schon gemeldet habe. Ich verneinte. Aurel hatte mich nie angerufen, aber wie durch Zufall sah ich ihn immer wieder von Weitem, auf dem Schulweg, vor dem Supermarkt oder in der Nähe des Bahnhofs. Er grinste und winkte. Einmal stand er auf dem Gehsteig in der Nähe unseres Hauses. Ich hatte keine Möglichkeit, ihm auszuweichen. Er wartete, bis ich vor ihm stand, dann sagte er: „Ich wollte mal alleine mit dir sprechen. Ohne deine Freundinnen."
Er klang wie ein Mann.
„Dein Vater ist ein cooler Typ, hm? Lässt dich einfach so Auto fahren. Meiner würde mich verprügeln, wenn ich das täte." Ich zuckte mit den Schultern.

„Zeigst du mir, wie's geht?", fragte er.
„Warum?"
„Warum? Warum fährst *du* denn Auto? Weil es Spaß macht, natürlich."
Ich schüttelte den Kopf. „Nein. Ich muss es lernen, weil wir verreisen. Und wenn meinem Vater etwas passiert, muss ich mit dem Auto Hilfe holen."
Aurel machte große Augen und sagte: „Cool! Ich sag ja, dein Vater ist cool."
„Verrate das niemandem. Sonst werden wir bestraft."
„Klar", sagte Aurel, „aber was sagt deine Mutter dazu? Meine würde einen Anfall kriegen."
„Meine Mutter ist weg."
„Oh. Sorry", murmelte Aurel. Dann wussten wir beide nichts mehr zu sagen und verabschiedeten uns.

Auch Ria und Jacqueline wollten natürlich genau wissen, was es mit dem Autofahren auf sich hatte. Sie mussten mir versprechen, niemandem etwas zu verraten. Wenn mein Vater für unzurechnungsfähig gehalten wurde, drohte mir eine Zukunft im Kinderheim. Das sahen sie ein, und sie versprachen mir dichtzuhalten.
Aber konnte ich mich wirklich auf Aurel verlassen?

11
Der letzte Abend vor den Ferien

Als Mama so krank war, dass sie nicht mehr selbst auf die Toilette gehen konnte, hatte Papa sie ins Bad getragen und auf die Toilette gesetzt und ihr den Hintern geputzt, so wie mir früher. Danach hatte er sich die Hände gewaschen und desinfiziert, und ich musste das auch immer tun, bevor ich mich zu Mama setzte. Seither haben wir einen Desinfektionsmittelspender, wie beim Arzt. Auch nachdem Mama weg war, als Papa nur noch am Tisch saß und schwieg, blieb ihm Sauberkeit wichtig. Das hatte nicht nur mit Mama zu tun, sondern auch mit seinem Beruf, er ist Lebensmitteltechnologe. Bei der Arbeit trägt er immer Handschuhe, einen Kittel und ein Häubchen. Unser Kühlschrank war zwar oft leer, weil wir beide vergaßen einzukaufen, aber sauber war er immer. Und immer hatten wir die Frühstücksschokolade im Haus, die Papa herstellte. Damit konnte man eine Weile überleben, da war alles drin, auch Vitamine.

Davon packte Papa jetzt drei Dosen ins XY. Dazu eine große Flasche mit Handdesinfektionsmittel, ein Zelt, Schlafsäcke und Isomatten. Ich staunte. Offenbar hatte er in den letzten Wochen das alles zusammengekauft und in unserem Kellerabteil gehortet. Ich hatte nichts davon bemerkt, ich war zu beschäftigt gewesen mit dem Schulabschluss, der Schülerdisco, den Nachmittagen im Schwimmbad. Aber jetzt war es geschafft. Ich hatte mich am Nachmittag von der Walze, von Ria und Jacqueline und den anderen verabschiedet, und wir waren alle nach Hause gegangen,

um zu packen: Ria für Spanien, Jacqueline für Köln, ich für die Autofahrt.
„Was ist das?“, fragte ich und deutete auf zwei Stoffbeutel mit Reißverschluss.
„Moskitonetze“, erklärte Papa. „Lebenswichtig, wenn man im Sumpfgebiet übernachtet und das Zelt nicht aufstellen kann. Wegen Malaria und Gelbfieber.“
„Wohin fahren wir überhaupt?“, fragte ich.
„Nach Frankreich“, sagte Papa. „Da kannst du dein Französisch ausprobieren.“
Frau Stieger hatte also recht gehabt. Keine Berge, kein Meer. Ich stellte mir vor, wie wir im französischen Sumpfgebiet an unseren Mückenstichen kratzten. Weit und breit keine Jacqueline, keine Ria.
Ich fragte: „Warum fahren wir nicht nach Italien?“
„Warum Italien?“, fragte Papa zurück.
Ich zuckte nur mit den Schultern: „Einfach so. Wegen der Pizza.“
Papa verstaute seine Kleidertasche neben dem Zelt. Dann richtete er sich auf: „Pizza gibt es überall auf der Welt. Aber vielleicht wollen wir ja gar keine Pizza.“
„Warum nicht?“ Ich mochte Pizza, und Papa auch, soviel ich wusste.
„Weil wir versuchen werden, mit weniger zu überleben. Du wirst dich noch wundern, wie viel Essbares man in der Natur finden kann und wie gut man sich damit fühlt.“
„Papa?“
„Ja?“
„Die Walze hat gesagt, ich solle bei deinen Reiseplänen auch mitreden. Schließlich seien es auch meine Ferien.“
„*Wer* hat das gesagt?“

„Frau Stieger."
„Ach so." Er lachte. „Frau Stieger. Da hat sie wohl recht. Wohin willst du denn fahren?"
Ich zuckte mit den Schultern. „In Frankreich waren wir noch nie im Urlaub."
„Siehst du", sagte Papa zufrieden. „Jetzt machen wir mal etwas ganz Neues."

Ich ging nach oben und packte so viele Kleider wie möglich in meinen Rucksack. Zur Sicherheit nahm ich auch noch meine Gummistiefel in die Hand. Letztes Jahr, als ich mit Oma und Opa Perk nach Kroatien gefahren war, hatte ich außer Badesachen, T-Shirts und kurzen Hosen nicht viel gebraucht. Und in den Jahren davor war Mama auch dabei gewesen. Mama hatte immer gesagt: „Wir packen möglichst wenig ein. Sonst wird das Auspacken nach den Ferien zur Hölle. Lieber waschen wir zwischendurch etwas von Hand."
Wenn wir nicht mit den Großeltern nach Kroatien gefahren waren, gingen wir in die Berge wandern. Wir übernachteten und aßen in Hotels, und meistens dauerte ein solcher Ausflug nicht länger als drei Tage. Ich trat auf den Balkon und sah unten unser Auto mit dem offenen Kofferraum und Papas Hinterteil.
„Papa!", rief ich, „wie lange verreisen wir eigentlich?"
Er kam zum Vorschein und rief herauf: „Das kann man nicht im Voraus wissen. Ich habe jedenfalls vier Wochen Urlaub."
Vier Wochen! Das waren ja fast die ganzen Sommerferien. Und danach würde ich schon in die siebte Klasse gehen, zu einem neuen Lehrer, in eine neue Schule. Mir fiel Aurel ein.

Der war schon seit zwei Jahren dort. Ihn würde ich dann öfter sehen. Aber vorerst war ich froh, dass etwas Gras über die Sache mit dem Autofahren wachsen konnte.
Mein Rucksack war zum Bersten voll, und ich ging damit zur Wohnungstür. Auf der Schwelle drehte ich mich um: Bücher! Wenn wir irgendwo im Nirgendwo festsaßen, wollte ich wenigstens etwas zu lesen haben. Ich füllte meine Sporttasche mit allen Büchern, die Platz hatten und drei Büchern aus der Bibliothek, die ich noch nicht gelesen hatte.
Als ich unten ankam mit meinem Gepäck und Papa die Sporttasche ins Auto hieven wollte, stutzte er.
„Viel zu schwer“, sagte er, und als er den Reißverschluss geöffnet hatte und all die Bücher sah: „Die brauchst du alle nicht. Wir brauchen nur ein Buch: das hier.“
Damit ging er ums Auto herum und zog aus dem Seitenfach der Beifahrertür das Buch mit den Tipps für die Wildnis heraus.
„Damit sind wir sicher in allen Lagen“, sagte er. Das war ihm wohl das Wichtigste, dass wir sicher waren. Und langsam ging mir auch auf, warum er mir das Autofahren hatte beibringen wollen: aus Sicherheitsgründen. Für alle Fälle in allen Lagen. Ich brachte also meine Sporttasche zurück nach oben und nahm nur die drei Bücher aus der Bibliothek heraus. Aber dann dachte ich ans Sumpfgebiet und dass die Bücher feucht werden könnten, und stellte auch sie zurück.

12
Zwei Überraschungen

Als ich zu Bett gehen wollte, sah ich eine Nachricht auf meinem Handy: „Fährst du heute an der Rampe vorbei? Aurel"
Mein Herz klopfte. Das war wohl ein Witz. Was sollte ich darauf antworten?
„Wir fahren morgen weg", schrieb ich.

Wenig später schrieb Aurel nochmals: „Ich bin beim Auto. Kommst du raus?"
Ich guckte aus dem Fenster. Tatsächlich, auf dem Gehsteig neben dem XY stand Aurel und schaute sich um. Keine Ahnung, wie er unser Auto gefunden hatte, er wusste ja nicht einmal genau, wo ich wohnte. Schnell zog ich meine Kleider wieder an und schlich durch den Flur. Papa war zum Glück gerade auf dem Klo, und ich schnappte den Autoschlüssel vom Regal neben der Eingangstür. Als ich draußen ankam, lachte Aurel mich an und sagte: „Du bist cool!"
Noch nie hatte jemand zu mir gesagt, ich sei cool, schon gar kein Junge, noch dazu einer aus der Achten! Aber wirklich cool fühlte ich mich trotzdem nicht. Ich wollte nur, dass Aurel uns nicht verpfiff und hoffte, dass das nicht zu kompliziert würde.
„Zeigst du mir jetzt, wie es geht?", fragte er.
„Ich weiß nicht", sagte ich. „Lieber nur den Motor starten, aber nicht wegfahren."
„Bekommst du sonst Probleme?"
„Ja."

„Also gut“, sagte er. „Ich bekäme sonst auch Probleme.“
Wir stiegen ein, er setzte sich ans Steuer und ich mich auf den Beifahrersitz. Ich zeigte ihm, wie er den Fuß auf die Bremse setzen und den Motor starten musste. Auch den Schalthebel, die Blinker und die Scheibenwischer betätigten wir.
„Aber ein bisschen fahren könnten wir schon“, meinte Aurel.
Zwei Parklücken vor uns waren frei. Wir hatten also ein paar Meter. Ich schaute mich um, ob jemand zu sehen war. Oben in unserer Wohnung brannte Licht, aber Papa sah ich nicht.
„Also gut“, sagte ich, „ganz wenig. Geh vorsichtig von der Bremse weg.“
Aurel umklammerte das Steuer.
„Okay“, flüsterte er. „Weg von der Bremse.“
„Zuerst musst du den Hebel auf D stellen“, erklärte ich.
„Okay. Hebel auf D, weg von der Bremse. Und jetzt Gas geben.“
Das war gefährlich. Wenn er zu schnell anfuhr, landeten wir im Auto von Frau Dorn. Aber er gab nur ganz leicht Gas und bremste sofort wieder. Er lachte übers ganze Gesicht.
„Das ist cool!“, sagte er. „Ich kann Auto fahren!“
Ich freute mich auch, und dann zeigte ich ihm, wie wir rückwärts wieder in unser Parkfeld fahren konnten. Wir fuhren noch einige Male vor und zurück, wurden immer schneller dabei und lachten und lachten. Den Wagen von Frau Dorn berührten wir nie.

Und dann sahen wir die Walze.
Sie war nur noch zwei Häuser von uns entfernt und kam direkt auf uns zu. Als ob sie gerochen hätte, dass Aurel und

ich miteinander zu tun hatten! Aurel lachte nicht mehr, wahrscheinlich war ihm auch plötzlich so elend wie mir. Schnell stellte ich vom Beifahrersitz aus den Motor ab und zog den Schlüssel.
„Runter!“, zischte Aurel, und im nächsten Moment drückte er mich auf den Sitz. Über mir lag sein Arm, er roch ein wenig nach Zigarettenrauch, und neben meinem Gesicht fühlte ich Aurels Atem. Ich schwitzte vor Angst, und meine Gedanken rasten: Was hatte die Walze in unserer Straße zu suchen? Warum war Aurel eigentlich auf die dumme Idee gekommen, Autofahren zu lernen? Und warum hätte ich weinen können vor Schreck? Wenn nun alles auskam? Warum wollte ich mich für immer unter Aurels Arm verkriechen?
Aurel bewegte sich ein bisschen, dann flüsterte er:
„Sie ist hineingegangen. Sie hat uns nicht entdeckt.“
„Das ist unser Haus“, sagte ich, und dann weinte ich wirklich, ich konnte einfach nicht mehr anders, und Aurel wusste nicht, was er tun sollte, und ich sagte ihm, dass er niemandem verraten dürfe, dass mein Vater mir das Autofahren beigebracht habe, denn sonst könnten sie ihn mir wegnehmen, und er sagte: „Ja klar, nein, klar nicht!“
Wir stiegen aus, und er beteuerte nochmals: „Ich verrate es niemandem!“
Während er die Straße hinauf und hinab schaute, sagte er: „Und du darfst der Walze nicht verraten, dass ich Auto gefahren bin. Sonst bekomme ich Riesenprobleme.“
Ich nickte und war froh, dass wir gegenseitig etwas hatten, was wir nicht verraten durften. Aber eigentlich brauchte er keine Angst zu haben, dass ich ihn bei der Walze verpfeifen könnte. Wir fuhren ja weg, und die Walze war jetzt gar nicht mehr meine Lehrerin.

Weiter vorne drehte Aurel sich nochmals um und rief: „Schöne Ferien, ich schreibe dir!", und ich ging schnell ins Haus. Ich schämte mich, weil ich vor ihm geweint hatte. Jedes Mal, wenn ich ihn sah, wurde alles noch peinlicher. Dass er mir schreiben wollte, hatte er wahrscheinlich nur gesagt, um nett zu sein.
Im Treppenhaus fürchtete ich, Frau Stieger zu begegnen. Wen wollte sie wohl besuchen? Kannte sie außer uns noch jemanden im Haus?

Ich betrat unsere Wohnung und hörte Papas Stimme. Vielleicht telefonierte er mit Oma Perk. Schnell schlich ich in mein Zimmer. Aber dann vernahm ich noch eine zweite Stimme aus dem Wohnzimmer. Eine Stimme, die ich sehr gut kannte: die Walzenstimme. Papa sprach also gar nicht ins Telefon! Einmal mehr wurden schlimme Dinge noch schlimmer, auch wenn man das nicht für möglich hielt. Ich sah nach. Auf dem Sofa saß die Walze, schaute mich mit ihren dunkelblauen Augen an und sagte: „Hallo Lila."
Papa rief lauter als nötig: „Frau Stieger ist zu einem Glas Wein gekommen", und die Walze sagte: „Ich bleibe auch nicht lange, aber ich wünsche euch eine gute Reise!" Ich verstand überhaupt nichts, außer, dass die Walze auf keinen Fall in unser Wohnzimmer passte. Verwirrt ging ich in mein Zimmer. Ich konnte nicht einschlafen, bis ich hörte, dass sie die Wohnung verließ. Und dann tat Papa etwas, das er schon seit einer Ewigkeit nicht mehr getan hatte: Er schaute nochmals nach mir, bevor er zu Bett ging. Er flüsterte durch den Türspalt: „Schlaf gut! Du hast wirklich eine nette Lehrerin. Und morgen um elf starten wir."

13
Frankreich

Unser silbergraues XY stand bereit. Papa setzte sich hinter das Steuer, und wir fuhren los, auf die Autobahn Richtung Frankreich. Der Motor brummte, und draußen flog alles schnell vorbei. Bis zur französischen Grenze dauerte es ungefähr zwei Stunden, und so lange brauchte ich auch, bis ich Papa fragen konnte: „Warum war die Walze bei uns?“

„Wer?“, fragte Papa und lächelte dann: „Ach so, Frau Stieger. Das war sozusagen ein Elterngespräch.“

Das machte keinen Sinn. Ich war ja gar nicht mehr ihre Schülerin. Plötzlich hatte ich einen furchtbaren Gedanken: Nachdem Mama weg war, war außer Oma Perk nie mehr eine Frau in unserer Wohnung gewesen. Ich hatte mich daran gewöhnt, dass Papa und ich und die Erinnerung an Mama hier wohnten. Was war nur in Papa gefahren, die Walze zum Wein einzuladen? War ihr Besuch mehr als nur ein Elterngespräch gewesen? Diesen schrecklichen Gedanken schob ich gleich wieder weg und versuchte mich an Mamas Gesicht zu erinnern, an ihre braunen Haare, als sie noch Haare hatte, und an ihre schönen Lippen, die sich über den Zähnen spannten, wenn sie lachte. Ich hatte Angst, dass ich irgendwann nicht mehr wusste, auf welcher Seite des Kinns sie das Muttermal hatte, und ich hatte auch Angst davor, selber zu wachsen und Brüste zu bekommen und neue Kleider zu brauchen, weil ich dann nicht mehr so aussah, wie Mama mich gekannt hatte. Daran zu denken, was das alles bedeutete, war anstrengend, und ich wurde erst unterbrochen, als wir auf einer Autobahnraststätte Halt machten.

Ich saß an einem mit Ketchup verschmierten Tisch und kaute meinen Schinken-Käse-Toast, während Papa auf die Toilette verschwand. Er blieb sehr lange weg. Rundherum sprachen die Leute Französisch, nur ein Mann rief seinem Kind auf Deutsch zu, dass es jetzt aus der Spielecke kommen müsse, weil sie weiterfahren wollten. Die französische Familie am Nebentisch brach auch schon wieder auf, obwohl sie nach uns gekommen war, und Papa war noch immer nicht zurück. Was, wenn er auf der Toilette zusammengebrochen war? Oder wenn er mich vergessen hatte und bereits weitergefahren war? Ich ging ihn suchen. Noch bevor ich bei den Toiletten war, sah ich ihn telefonierend an der Kaffeebar. Als er mich bemerkte, beendete er das Gespräch und winkte mich herbei.
„Gut, Lila. Erste Lektion des Überlebens: Wenn man eine Person verliert, geht man sie suchen, bis man sie wiederfindet."

Wir desinfizierten uns die Hände und fuhren weiter. Links und rechts der Autobahn gab es riesige Felder, ab und zu Wälder und in der Ferne Städte und Dörfer. Das Wetter war freundlich, auf den Pfählen entlang der Leitplanken saßen Raubvögel. Frankreich war schön, und ich fragte mich, wo sich die Sümpfe befanden.

Noch einmal hielten wir an einer Raststätte, dann setzten wir die Fahrt fort. Papa und ich sprachen nicht. Er steckte sein Handy in den Adapter und ließ französische Musik

laufen. Ich wurde müde. Kein Wunder, ich hatte in der Nacht nicht gut geschlafen, weil ich noch lange über Aurel und über Frau Stiegers Besuch bei uns gerätselt hatte. Jacqueline war bestimmt schon in Köln, aber Ria hatte eine viel längere Fahrt bis nach Spanien. Ob sie sich mit ihrer Schwester im Auto zankte? Wenigstens war es dann nicht langweilig. Ich lehnte mich zurück und stellte mir vor, dass Papa ein Held war und mich aus der Gefangenschaft bei einem schrecklichen Entführer befreit hatte. Und jetzt fuhr er mich nach Hause in die Freiheit, und ich konnte einfach schlafen nach der erschöpfenden Gefangenschaft. Ich würde nicht mal aufwachen, wenn er mich ins Bett tragen, zudecken, die Vorhänge zuziehen und leise und glücklich weinen würde, dass er mich wieder bei sich hatte. Dann schlief ich wirklich ein.
Ich glaube, ich schlief stundenlang, wie ein Stein, als ob ich mich für eine Weile von der Welt verabschiedet hätte.

14
Die erste Nacht in der Wildnis

Der Wagen schaukelte ein wenig, ruckte, dann hörte ich die Heckklappe. Das Motorengeräusch fehlte, und draußen war es stockdunkel. Nur die Scheinwerfer waren an und beleuchteten Baumstämme und Waldboden. Papa trat ins Licht. Er betastete mit dem Fuß den Boden und spannte das Zelt auf. Ein violettes Iglu.
„Guten Morgen!“, rief er mir zu und lachte, als ich aus dem Auto stieg.

Es war zwar nicht Morgen, aber dass er lachte, war prima. Ich rollte die Isomatten aus, und sie füllten sich mit Luft. Papa versuchte, das Innenzelt aufzuhängen. Zuerst war es verkehrt, und der Reißverschluss war auf der falschen Seite.
Papa sagte: „Wenn die das Ganze falsch konstruieren, schlafen wir eben ohne Innenzelt."
Aber ich fand heraus, wie es richtig war.
Als wir fertig waren, überfiel mich ein Wahnsinnshunger. Ich schaute im Auto nach, ob wir etwas zu essen hatten, aber außer Frühstücksschokolade und einer halben Flasche Wasser fand ich nichts. Ich schüttete mir eine Portion Pulver direkt aus der Dose in den Mund und spülte mit Wasser nach. Als sich der Schoko-Zement in meinem Mund etwas gelöst hatte, fragte ich Papa, ob er etwas zu essen eingepackt habe.
Er sagte: „Im Buch steht, dass man bis zu vier Wochen ohne Nahrung überleben kann."
Das hieß wohl, dass wir nichts dabeihatten.
Es raschelte. Ein Wildkaninchen flitzte durch den Scheinwerferkegel und verschwand im Gebüsch.
„Wir müssen uns das Essen selbst beschaffen", sagte Papa. „Die Natur bietet alles, was der Mensch braucht. Aber natürlich muss man sich ein wenig dafür anstrengen." Er ging zu einem Busch, schnitt eine Rute ab und begann eine Spitze zu schnitzen. Wahrscheinlich war er mittlerweile so verrückt, dass er damit jagen gehen wollte, dachte ich. Und wirklich, er sagte ganz ernst: „Wenn der Mensch Fleisch isst, muss er auch ein Tier erlegen können."
Ich verzog mich hinter das Auto und nahm nochmals eine Portion Schokoladenpulver zu mir. Papa schlich im Unter-

holz herum und fuhr mit seiner Rute in die Büsche hinein, um das Kaninchen aufzuschrecken. Ich war mir sicher, dass er das Tier nicht erwischen würde. Bald kam auch er zu dieser Einsicht.
„Hilfst du mir mal, Holz zu sammeln?“, rief er mir zu. „In der Wildnis müssen alle mithelfen, sonst kann man nicht überleben.“
Also machten wir zusammen ein Feuer. Ich löschte das Autolicht. Sofort sah der Wald freundlicher aus. Grillen zirpten, das Feuer knackte. Wir schauten in die Glut, und ich dachte an eine Bergwanderung, die wir einmal mit Mama gemacht hatten. Wir hatten Brotteig am Stock geröstet.
„Weißt du, wie man Teig macht?“, fragte ich.
„Die Grundlage jedes Teigs ist Mehl, Wasser, Salz und ein Triebmittel, zum Beispiel Hefe“, sagte Papa.
„Wir könnten Stockbrot machen, wie früher“, schlug ich vor.
„Es dauert lange, bis wir Mehl hergestellt haben“, seufzte Papa. „Aber es gibt in dieser Gegend Maisfelder. Vielleicht können wir morgen Maiskolben grillen.“
„Wo sind wir überhaupt?“, wollte ich wissen.
„Mittendrin“, antwortete er. „In der wildesten Gegend Frankreichs.“

In der Ferne hörte ich ein Auto. Dann war es wieder still. Manchmal raschelte es in der Nähe, und einmal hörten wir ein Fauchen. Als das Feuer nur noch glomm und es kühl wurde unter meinem Hintern, pinkelte Papa in die Glut, und wir krochen ins Zelt. Ich lag im Schlafsack und hatte immer noch Hunger und Durst und war überhaupt nicht müde, weil ich vorher so viel geschlafen hatte.

Dann fiel mir noch etwas ein: „Was hat die Walze eigentlich von mir erzählt?“
„Oh. Nicht viel“, sagte Papa. „Ihr gefallen unsere Ferienpläne.“
„Findest du sie nicht unglaublich dick?“, fragte ich.
„Dick?“, lachte Papa. „Nein, dick ist anders. Ich würde eher sagen: prall.“
Das ärgerte mich. „Sie ist fett. Wenn sie durch das Klassenzimmer geht, bebt ihr Hintern. Und nach der Pause stinkt sie nach Kaffee aus dem Mund.“
„Frau Stieger ist in Ordnung“, sagte Papa. „Ich bin übrigens per Du mit ihr. Renate.“
So war das also. Mein Vater hatte hinter meinem Rücken mehr mit meiner Lehrerin gesprochen als mit mir. Und das Nächste, was mir klar wurde, erschreckte mich so sehr, dass ich gleich wacher als wach wurde: Den Waldmeister hatte er ihr absichtlich in den Briefkasten gelegt! Verräter! Hatte er Mama schon vergessen? Ich war sauer und sagte kein Wort mehr.

Papa schlief bald ein, und ich stellte mir vor, wie eng es in unserem kleinen Zelt würde, wenn Frau Stieger sich auch noch hineinzwängte. Man könnte natürlich noch eine dritte Matte hineinquetschen, aber dann würden unsere Schlafsäcke sich berühren. Und das wollte ich auf keinen Fall. Das Schlimmste wäre, wenn sich die Walze zwischen Papa und mich legen würde. Aber wenn sie auf der anderen Seite neben ihm läge, könnte er sie aus Versehen umarmen.
Schnell bugsierte ich sie in Gedanken wieder hinaus in den Wald. Für die Walze war hier kein Platz. Dafür wünschte ich

mir Mama her, die mir über die Wange streichen und einen Witz erzählen würde, und ich würde in der Mitte liegen, und wir wären eine normale Familie im Urlaub.

15
Schlechte Laune

Der Morgen begann nicht gut. Jemand machte sich an unserem Zelt zu schaffen. Eine tiefe Stimme rief: „Allo? Allo?“ Papa kroch hinaus und ich hinterher. Draußen stand ein Riese mit einem Stock in der Hand. Er gestikulierte aufgebracht in alle Richtungen, während er sprach. Ich verstand, dass wir hier nicht zelten durften. Und dass wir Feuer gemacht hatten, grenzte wohl an eine Katastrophe. Papa erwiderte nichts, er starrte nur in den Wald hinein, als ob er bei uns am Küchentisch säße.
Ich murmelte: „Pardon“, worauf der Riese aufhörte zu schimpfen, mir zunickte und sich verzog.
Papa und ich räumten wortlos alles zusammen und fuhren wieder auf die Autobahn. Es war noch früh am Morgen, aber es waren schon viele Lastwagen unterwegs. Bei der nächsten Autobahnraststätte machten wir Halt. Als wir im Lebensmittelshop standen, erinnerte ich Papa lieber nicht daran, dass er sich am vergangenen Abend das Essen selber beschaffen wollte. Sicherheitshalber nahm ich ein großes Käsesandwich, zwei Muffins, einen Joghurtdrink und ein Stück Pizza. Endlich Pizza! Und Wasser, zwei große Flaschen. An der Kasse merkte ich, dass Papa ungefähr gleich viel wie ich auf das Förderband legte. Ich war erleichtert.

Wir setzten uns auf eine Bank neben dem Parkplatz und aßen.
„Jetzt habe ich schon ein Wort Französisch gesprochen", sagte ich, „pardon."
„Das reicht auch", sagte Papa und zog wütend die Augenbrauen zusammen. „In Frankreich kann man nicht wild zelten. Wir brauchen etwas anderes."
„Ich glaube, es gibt in Frankreich schöne Campingplätze. Ria war mit ihrer Familie einmal in Südfrankreich, am Meer."
Papa schaute mich an und sagte: „Das ist nicht, was wir wollen."
Ich überlegte, was wir denn wollen könnten. Sümpfe? Ich nahm an, dass Papa etwas Wilderes als einen Campingplatz wollte, damit er seine Überlebenstricks anwenden konnte.
„Wohin fahren wir jetzt", fragte ich, „wenn wir nicht in Frankreich bleiben? Sollen wir nach Spanien fahren?"
„In Spanien ist es noch schwieriger", brummte er. „Nein. Wir haben es versucht mit Frankreich, es hat nicht funktioniert, und jetzt fahren wir nach Osten. Weit nach Osten. Dort lassen sie uns in Ruhe."
„Nach Kroatien?", fragte ich. Die Vorstellung, doch noch zu Oma und Opa Perk zu fahren, gefiel mir.
Aber Papa schüttelte den Kopf. „Nicht so weit südlich. Nein, dorthin, wo es wirklich wild ist. In Richtung ukrainische Grenze. Dort sehen sie es nicht so eng mit dem wilden Zelten."
Ich wusste nicht, ob ich das toll finden sollte. Wir waren doch gerade erst nach Westen gefahren! Sollten wir jetzt bereits wieder umkehren?

„Warum wolltest du unbedingt nach Frankreich fahren?", fragte ich.
„Weil mir jemand gesagt hat, dass es hier tolle Flusstäler gibt. Und dass man in den wilden Gegenden einfach sein Zelt aufstellen kann und einen die Leute in Ruhe lassen."
„Wer hat dir das gesagt?"
„Renate, zum Beispiel."
Die Walze!
„Egoist!", zischte ich wütend.
Papa tat erstaunt: „Aber es war auch wegen dir! Damit du Französisch üben kannst!"
„Das hat dir bestimmt auch die Walze eingetrichtert", sagte ich böse, und dann für lange Zeit nichts mehr. Wenigstens, dachte ich, war Papa vielleicht jetzt auch auf die Walze und ihre schlechten Tipps wütend. Und mit der Planänderung war sie nicht mehr auf dem Laufenden, was unsere Ferien betraf.

Als wir weiterfuhren, luden wir abwechselnd die Akkus unserer Handys auf. Ich war froh, dass Papa noch nicht beschlossen hatte, die Handys aus seiner wilden Welt zu verbannen. So hatte ich wenigstens die Möglichkeit, mit Ria und Jacqueline Nachrichten auszutauschen. Oder mit Aurel. Aber der hatte bis jetzt nicht geschrieben.

16
Fernfahrer

Die nächsten zwei Tage und zwei Nächte waren wir unterwegs, durch Frankreich, Deutschland, Österreich und die Slowakei. Die Autobahnen glichen sich überall, und die Raststätten auch. Zwischendurch schlief ich auf dem Beifahrersitz. Manchmal döste Papa ein paar Stunden unter einem Baum neben den Picknicktischen, oder er entfernte sich ein wenig und telefonierte. Einmal rief Oma Perk an, und ich erzählte zuerst ihr und dann Opa vom Zelten im Wald und vom Feuermachen, und dass wir tolle Ferien hätten, so toll, dass wir jetzt noch weiterreisen wollten in Richtung ukrainische Grenze.
Papa und ich sprachen die ganze Zeit nicht viel, aber meine Wut hatte sich ein wenig verzogen. Es kam mir vor, als hätten wir die Walze in Frankreich zurückgelassen und wären nun endlich zu zweit unterwegs.

Einmal saßen wir auf einer Raststätte unter einem Baum und aßen ein Wurstbrot. Etwas weiter vorne waren die Mülleimer tief im Boden eingelassen. Aus einem ragte der Körper eines dicken Mannes, seine Füße hoben sich vom Boden ab und zappelten ein wenig, und der Kopf musste schon fast im Müll stecken.
„Pfui“, sagte ich. „Sucht der sich was zu essen?“
„Glaube ich nicht“, sagte Papa. „Das ist kein guter Ort, um sich etwas zu essen zu suchen. Denk nur an die Keime!“
„Welche Keime?“, fragte ich.

„Den Tod kann man sich da holen!“, sagte Papa. „Wenn man von einem angebissenen Fleischbrötchen, das seit zwei Tagen da drin in der Hitze zwischen Kackwindeln und alten Wundpflastern liegt, einen Abstrich machen würde, hättest du eine ausgewachsene Vergiftung vor Augen.“
„Was passiert dann?“, wollte ich wissen.
„Bevor man stirbt? Zuerst kommen die Bauchkrämpfe, der Durchfall, Kopfschmerzen, Fieber. Dann geht man zum Arzt und setzt Stuhlkulturen an.“
„Was für Kulturen?“, fragte ich.
„Stuhlkulturen. Man scheißt in einen Becher, und dann schauen sie unter dem Mikroskop, welche Bakterien sich darin vermehren. Das dauert ein paar Tage. In der Zwischenzeit ist man so geschwächt, dass man eine Infusion braucht. Der Zustand wird immer schlechter, man kippt ins Delirium.“
„Was ist das?“
„Man wird gaga. Man weiß nicht mehr, ob man träumt oder wach ist.“
„Wie Mama?“
Papa zuckte ein wenig zusammen, sprach aber weiter von der Brötchenvergiftung: „Die Stuhlprobe ergibt dann, dass man es mit einem aggressiven Bakterium zu tun hat, gegen das es kein Antibiotikum gibt.“
„Und dann?“
„Dann ist fertig“, seufzte Papa.
Er sah sich um. Der Mann suchte immer noch im Mülleimer herum. Papa meinte: „Wahrscheinlich hat er zusammen mit seinem Müll den Autoschlüssel entsorgt. Lass uns verschwinden, sonst müssen wir helfen.“
Ich schaute ihn an. Er meinte offenbar ernst, was er sagte,

und ich fand es zum ersten Mal ein bisschen lustig auf unserer Reise. Rasch packten wir unsere angegessenen Wurstbrote in die Tüte und machten uns unauffällig davon.

Überhaupt hatte die Fahrt nach Osten ihre Vorteile: Wir hatten genug zu essen und zu trinken, und von den Raststätten aus konnte ich Ria und Jacqueline schreiben, ohne dass Papa alles mitkriegte. Ich hatte ihnen mitgeteilt, dass Papa möglicherweise etwas mit der Walze hatte, und diese Nachricht schlug bei ihnen ein wie eine Bombe.
„Du tust mir leid!“, schrieb Ria und schickte dazu ein kotzendes Gesicht. Jacqueline fand die Vorstellung lustig, dass Papas Arme vielleicht gar nicht um die Walze herum passten. Mir gefiel das alles nicht. Lieber wäre mir gewesen, wenn sie mich getröstet hätten, aber offenbar merkten sie nicht, wie verzweifelt ich war.
Irgendwann schrieb auch Aurel: „Unterwegs?“
Außer „Ja“, fiel mir darauf keine Antwort ein, aber dann schrieb ich „Ja, nach Osten“.
Darauf kam keine Antwort mehr von ihm, und ich bedauerte, dass ich nicht mehr geschrieben hatte. Wenn ich wollte, dass er antwortete, hätte ich ihn etwas fragen müssen.
Ein paar Stunden später hielten Papa und ich in der Dunkelheit an einer Tankstelle. In der Nacht sprachen die Leute in den Kiosken und Tankstellenshops immer etwas leiser als am Tag, und meist waren keine Familien mit Kindern mehr unterwegs. Dazu kam, dass hier alle eine unverständliche Sprache redeten, wahrscheinlich Slowakisch. Die bleichen Männer, die sich noch eine Zeitung oder ein Bier holten, waren Fernfahrer wie wir, nur dass sie mit Lastwagen unterwegs waren.

Ich fasste mir ein Herz. Während ich auf Papa wartete, der auf dem Klo war, schrieb ich Aurel: „Was machst du in den Ferien?“
Und noch bevor wir wieder ins Auto stiegen, schrieb er zurück: „Lange Geschichte. Muss immer wieder zur Walze.“
Ich erschrak und schaute zu Papa, aber der legte gerade seinen Sitz nach hinten, um ein wenig zu schlafen. Umso besser, dann konnte ich ungestört schreiben.
„Die Walze mischt sich überall ein“, schrieb ich.
„Warum? War sie bei euch letzten Freitag?“
„Ja. Bei meinem Vater.“
Zurück kam ein Gesicht mit großen Augen und die Frage: „Haben die was zusammen?“
„Weiß nicht“, schrieb ich. „Verrate ihr nicht, dass wir nicht mehr in Frankreich sind.“
„Klar.“
Mich hätte interessiert, warum Aurel immer wieder zur Walze musste, aber ich traute mich nicht, ihn zu fragen.
Nach einer Weile schrieb Aurel: „Schlaf süß.“
Mein Herz klopfte. Ich lehnte mich zurück und stellte mir vor, dass ich Aurels Jeansjacke als Kopfkissen hatte.

17
Das letzte Dorf

Fernfahrer stehen früh auf, weil dann die Autobahnen noch nicht verstopft sind. Ich erwachte, als der Himmel rot wurde. Dort musste Osten sein. Papa schälte sich aus seiner Jacke und joggte ein paar Mal um den Rastplatz herum. Als er zurückkam und sah, dass ich wach war, holten wir uns einen Kaffee, eine heiße Schokolade und zwei Croissants. Ich schaute nochmals auf Aurels Nachricht und freute mich auf den Tag. Dann fuhren wir los.
Es war eine lange Fahrt. Ich hatte den Eindruck, dass sich alles mehr und mehr in die Länge zog, je weiter wir nach Osten kamen.
Gegen Mittag hörte die Autobahn auf, und wir fuhren auf schmalen, holprigen Landstraßen. Der Himmel war blau und klar, und ein breites Tal öffnete sich zwischen zwei bewaldeten Bergketten. Unsere Straße führte an einem Fluss entlang, und zweimal kamen wir durch Dörfer. Die Häuser waren klein und dicht aneinander gebaut.
Vor einem Bahnübergang mussten wir anhalten. Von Weitem sah ich den Zug durchs Tal heraufkriechen, aber es dauerte ungefähr fünf Minuten, bis er endlich an uns vorbeifuhr. Als die Schranke wieder hochging, bemerkte ich, dass Papa eingeschlafen war. Ich stupste ihn an. Er schüttelte sich und sagte, dass jetzt ein guter Moment für mich sei, wieder einmal fahren zu üben. Wir tauschten die Plätze, und ich fuhr weiter den Fluss entlang, bis das Tal enger wurde. Die Straße hatte weite Kurven, und nur einmal kam uns ein Motorrad entgegen. Sonst war kein Verkehr. Ich

war schon ein paar Tage nicht mehr gefahren, aber ich konnte es immer noch. Ab und zu bremste ich ein wenig ab, nur um zu prüfen, ob die Bremse immer noch da war, wo sie hingehörte. Bremsen war das Wichtigste, dachte ich, dann konnte uns nicht viel passieren. Plötzlich tauchte hinter einer Kurve nochmals ein Dorf auf. Ich bekam Angst: Wenn uns jemand sah? Vielleicht waren wir ja schon nahe der ukrainischen Grenze. Die Leute sahen das mit dem wilden Zelten ja möglicherweise nicht so eng, aber dass Kinder ein Auto steuerten, war etwas anderes. Doch das Dorf wirkte ausgestorben. Nur weit vorne sah ich einen Mann. Er betrat ein niedriges Haus, bevor ich daran vorbeifuhr. An einer Stelle öffnete sich die Straße zu einem leeren Parkplatz, und dahinter stand der Zug, der uns überholt hatte. Das musste der Bahnhof sein. Ich bremste, um das Schild zu lesen, das über dem kleinen Gebäude angebracht war: *Miesto Sliviek*. Das war wohl der Name dieses Dorfes, ein schwieriger Name. Ich merkte mir Mist und Silver, etwas Ähnlicheres fiel mir nicht ein. „Silbermist", sagte ich, und Papa brummte.
Vorsichtig fuhr ich weiter. Das Dorf Silbermist streckte sich noch etwas die Straße entlang. Neben der Straße zog sich der Fluss hin, und die Häuser der einen Seite waren ab und zu durch kleine Brücken mit der anderen Seite verbunden.

Nach Silbermist kam eigentlich nichts mehr, nicht einmal die Bahnschienen gingen weiter. Nur die Straße führte weiter den Fluss entlang, und das Tal wurde enger. Ich nahm Kurve um Kurve, und bei der Gelegenheit übte ich wieder einmal das Blinken. Mir gefiel, dass ich in einem fremden Land Auto fahren konnte, als wäre ich zu Hause. Doch einmal fuhr ich zu schnell in eine Kurve, und beinahe geriet ich über den Straßenrand hinaus. Ich erschrak fürchterlich, machte eine Vollbremsung. Der Motor starb ab. Ich schaute zu Papa hinüber, aber der war nicht einmal wach geworden. Er schlief einfach und ließ mich allein im Nirgendwo Auto fahren! Wir standen in einer Kurve am Berg, ich sah kaum über die Kühlerhaube, und ich wusste überhaupt nicht mehr, was ich jetzt tun musste, um weiterzufahren. Wenn es nicht zu gefährlich gewesen wäre, einfach hier stehen zu bleiben, hätte ich es getan. Ich schwitzte. „Papa!", schrie ich, aber er brummte nur: „Einfach wieder anfahren." Er war nicht einmal ganz aufgewacht, und ich musste mir wieder einmal selbst helfen. Ich dachte an Ria. „Egoist!", zischte ich zu Papa hinüber und versuchte nochmals, den Motor zu starten und anzufahren. Endlich klappte es.

Je weiter ich fuhr, desto gebirgiger wurde die Gegend. Ich hatte keine Ahnung, ob vor uns noch ein Dorf lag und wie weit es dorthin sein könnte, und ich war mir auch nicht sicher, ob ich dort hinwollte. Ich vermutete aber, dass Silbermist das letzte Dorf gewesen war und dass die Straße immer weiter ins Niemandsland hineinführte und schließlich einfach endete. Bei einer Abzweigung auf einen Waldweg stellte ich das XY ab und nahm mein Handy aus dem Rucksack.

Kein Netz. Mist!

Jetzt kam es nur noch darauf an, dass nichts Schlimmes passierte.

Ich dachte an Mama. Wahrscheinlich fände sie es auch das Beste, jetzt einfach zu warten, bis Papa fertig geschlafen

hatte. Ich stieg aus dem Auto, pinkelte hinter einen Baum und desinfizierte die Hände. Dann holte ich meinen Schlafsack, eine Dose Frühstücksschokolade und eine Flasche Wasser aus dem Kofferraum, verriegelte alle Türen und legte den Sitz so weit wie möglich nach hinten. Ich war plötzlich so müde, dass ich es sogar anstrengend fand, den Schlafsack zu entrollen und hineinzuschlüpfen. Im Wald dunkelte es bereits. Irgendwann schlief ich ein.
Es war eine lange Nacht. Im Traum saß ich am Steuer, etwas Gefährliches verfolgte mich, und der Motor versagte. Immer wieder wachte ich auf. Papa schien nach der tage- und nächtelangen Autofahrt nach Osten wie ein Stein zu schlafen. Nur einmal bemerkte ich, dass er seinen Sitz auch nach hinten legte und sich die Jacke vom Rücksitz angelte. Wenn ich mir vorstellte, dass Mama auf dem Rücksitz saß und auf mich aufpasste, konnte ich kurz einschlafen. Bald schreckte ich aber wieder auf und dachte daran, wie verloren wir in dieser Gegend waren. Zu allem anderen erinnerte ich mich daran, dass ich einmal bei Jacqueline übernachtet hatte und wir uns bis spät Gruselgeschichten erzählt hatten. Das war lustig gewesen, aber jetzt konnte ich nur noch daran denken, wie schrecklich es wäre, wenn aus der Schwärze des Waldes ein Mensch auftauchen und an die Autoscheibe klopfen würde.

Gegen Morgen tat mir alles weh, und ich hatte keine Idee mehr, auf welche Art ich mich auf dem Autositz noch einrollen könnte. Ich sehnte mich nach meinem Kopfkissen. Dann schlief ich wohl doch wieder ein, denn ich schreckte erst auf, als jemand neben mir an die Scheibe klopfte.

18
Ein richtiger Ferientag

Es war Papa, und es war hell. Er reichte mir eine Tasse warme Schokolade. Er war aus dem Auto geschlichen, hatte ein Feuer gemacht und Milch gewärmt, und ich hatte nichts davon bemerkt! Ich war so froh, dass ich diese schreckliche Nacht hinter mir hatte, und so glücklich, dass Papa mich mit der warmen Schokolade überraschte, dass ich beschloss, dass er nicht immer ein Egoist war.
Die Luft war noch kühl und roch nach feuchter Tanne. Papa sah sich um und nickte: „Das ist ein guter Platz für das XY. Und unten am Fluss ist ein guter Platz für uns."

Wir packten alle Lebensmittel, das Überlebensbuch und den Kochtopf in unsere Rucksäcke und nahmen das Zelt, die Isomatten und die Schlafsäcke unter den Arm. Dann wanderten wir etwa eine Viertelstunde einen Trampelpfad entlang durch den Wald, immer dem Rauschen des Flusses nach. Als wir ihn erreichten, sah ich, dass er hier oben sehr viel schmaler und steiniger war als im Tal, wo er ruhig durch Silbermist und die anderen Dörfer floss. Ich nannte den Fluss Silberfluss. Wir gingen ein Stück das Ufer entlang, bis das Bachbett an einer Stelle etwas breiter wurde. Auf einer flachen Böschung neben dem Fluss stellten wir das Zelt auf.

Mir gefiel der Ort. Er war so abgelegen, dass wir bestimmt nicht von einem Bauern geweckt würden. Überall wuchs hellgrünes Moos, in den Bäumen pfiffen die Vögel, und

Wasser hatten wir auch. Im Fluss hatten sich verschiedene Tümpel gebildet, in denen ich baden wollte. Das Wasser leuchtete grün in der Sonne, und es war so klar, dass ich die Kiesel auf dem Grund sah. Wir sammelten Holz und zündeten ein Feuer an. Dann aßen wir einen Nudelsalat aus der Packung und zwei Stück Mohnstrudel. Das Beste war aber das Brot, das wir über dem Feuer rösteten.
„Die Reste hängen wir an den Baum dort“, erklärte Papa. „Hier gibt es Bären.“
Ich erschrak, aber Papa schien sich sicher zu sein, dass das Problem gelöst war, wenn wir die Essensreste an den Baum hängten, damit der Bär sie nicht erreichen konnte. Dachte er nicht daran, dass der Bär auch uns fressen könnte?

Aber jetzt war Tag, und es war der schönste Ferientag, seit wir aufgebrochen waren. Endlich hatten wir einen Ort, an dem wir uns einrichten konnten, endlich hatte die Fahrerei ein Ende. Es war heiß in der Sonne. Wir gingen noch einmal zurück zum XY, um unsere Badesachen zu holen. Das war gut, denn der Einstieg zum Trampelpfad, der uns zurück zum Auto führte, war kaum zu erkennen. Wer weiß, ob wir ihn am nächsten Tag noch gefunden hätten. Ich riss einen langen Efeuzweig aus und wickelte ihn als Kennzeichen um einen Ast, der in den Pfad hineinragte.

Zurück beim Zelt schlüpfte ich in den Badeanzug und verbrachte Stunden am Fluss. Ich stapfte durch das Wasser und tauchte immer wieder mit dem Kopf unter, um die stille, klare Unterwasserwelt zu betrachten, die bunten Steine und das Gras, das sich in der Strömung bewegte. Zuerst sammelte ich nur rote Steine, dann auch graue mit weißen Linien. Aus ihnen legte ich bunte Muster am Ufer. Allerdings sahen sie schnell stumpf aus, und ich musste sie wieder mit Wasser übergießen, damit die Farben leuchteten. Aber Muster waren mit der Zeit langweilig, und so versuchte ich es mit Gesichtern. Eines gelang mir besonders gut, weil ich eine Reihe weißer Steinzähne und Mooshaare einbaute. Da machte ich gleich noch mehr davon, und bald hatte ich die besten Fratzen, die man sich denken konnte. Ich wollte Fotos davon meinen Freundinnen schicken, aber das Handy lag im Auto, und wir hatten hier ja ohnehin kein Netz. Also rief ich Papa, damit er sich die Gesichter anschaute. Er nickte und sagte: „Die Natur regt die Fantasie an. Das merkt man erst, wenn man mal gar nichts mehr hat."

Nachdem er das gesagt hatte, hatte ich keine Lust, noch mehr Steingesichter zu machen. Lieber testete ich alle Wasserbecken im Flussbett. An einer Stelle, wo der Fluss eine Kurve machte und sich tief in den Fels eingefressen hatte, konnte ich sogar ein paar Züge schwimmen. Lange hielt ich es aber im kalten Wasser nicht aus. Ich legte mich zum Trocknen auf einen flachen Stein und dachte an Aurels Arm, der über mir gelegen hatte. Das fühlte sich gut an. Überhaupt fühlte sich alles hier ziemlich gut an, und ich verstand sogar Papa, wenn er sagte, dass der Mensch auch mit wenig gut überleben könne. Ich brauchte ihm das ja nicht zu sagen, nicht, dass er sich etwas darauf einbildete. Doch die Entscheidung, nach Osten zu fahren und diesen Ort am Silberfluss zu finden, war die beste gewesen, die er seit einem Jahr getroffen hatte. Wir waren weg von der Welt, und wenn Ria und Jacqueline hier gewesen wären, hätte ich mich wie im Paradies ge-

fühlt. Und wenn Mama hier gewesen wäre. Und vielleicht Aurel.
Papa kam auch kurz ins Wasser, um sich zu waschen. Sonst machte er Spaziergänge um das Zelt herum, und ich hörte ihn mal da, mal dort.
„Da hinten gibt es Heidelbeeren!“, rief er.
Ich sprang auf und wusch die Verpackung des Nudelsalats im Fluss aus. Damit ging ich auf Beerensuche und fand hundertachtzehn Heidelbeeren, drei Walderdbeeren und vierunddreißig Brombeeren. Wir schnitten dünne Scheiben des Mohnstrudels ab und belegten sie mit den Beeren. Unser Tisch war ein flacher Stein, und wir setzten uns hin und aßen, und Papa starrte nicht ins Leere wie zu Hause in der Küche, sondern schaute auf den Fluss, auf unser Zelt und in die Baumkronen gegenüber.

„Hier brauche ich nicht zu joggen“, sagte Papa. „Zu Hause schon, da fehlt mir manchmal nach einem langen Arbeitstag die Bewegung.“
Mir fiel ein, dass Papa beim Joggen die Walze traf, und ich sagte: „Joggen ist sowieso blöd.“
„Warum?“, fragte Papa erstaunt. „Was soll daran blöd sein?“
„Du hast ja früher auch nie gejoggt“, sagte ich.
Papa zuckte mit den Schultern. „Irgendwann bin ich halt darauf gekommen. Und dann habe ich gemerkt, dass es mir guttut. Ich bin lange genug herumgesessen.“
Ich sagte nichts mehr, aber ich fühlte mich nicht mehr ganz so paradiesisch wie vorher.

In Papas Buch gab es eine Anleitung für den Bau einer

Steinschleuder. Eine Astgabel hatte ich bald gefunden. Ich schnitzte sie mit dem Taschenmesser zurecht und überlegte, woher ich das Gummiband nehmen sollte.
„Was machst du?“, fragte Papa. Diese Frage hatte er mir schon seit einer Ewigkeit nicht mehr gestellt.
„Schnitzen“, sagte ich.
„Das sieht aus wie die Steinschleuder aus dem Buch.“
„Aber ich habe kein Gummiband.“
Da fiel Papa ein, dass die Fahrzeugpapiere im Handschuhfach des Autos mit einem Gummiband zusammengehalten wurden. Also machten wir uns zum zweiten Mal auf den Weg: flussabwärts, an meinem Efeuzweig vorbei und den Trampelpfad hinauf zum Auto. Das Gummiband war wirklich da, und Papa sagte: „Siehst du, Lila, wenn man etwas wirklich will, schafft man es auch.“
Darüber dachte ich nach, als wir wieder zum Silberfluss hinuntergingen, und ich fand, dass es nicht stimmte. Manche Dinge waren auch nicht zu schaffen. Zum Beispiel, Mama zurückzuholen. Aber vielleicht war es zu schaffen, die Walze von Papa fernzuhalten?

Ich suchte Kiesel und schoss sie mit der Schleuder gegen Baumstämme. Bald war ich so gut darin, dass ich jedes Mal traf.

19
Karges Leben

Und dann wurde es Abend. Über den Wald legte sich eine große Stille, nur das Gurgeln des Flusses war leise zu hören, und in den Bäumen wurde es schwarz.
Ich lauschte in den Wald hinein und dachte bei jedem Knacken, dass sich ein Bär anpirschte. Wir legten Holz nach, damit das Feuer noch eine Weile brannte. Aber Bären ließen sich vom Feuer wahrscheinlich nicht abschrecken. Ich dachte an unsere Essensreste, die in einer Plastiktüte über uns baumelten. Viel war es nicht mehr, nur noch ein letztes Stück Mohnstrudel und eine halbe Packung haltbare Milch.
„Vielleicht sollten wir das Essen etwas weiter entfernt vom Zelt aufhängen“, sagte ich, „damit der Bär nicht direkt zu uns gelockt wird.“
Papa sah mich erstaunt an, dann nickte er anerkennend. Ich war froh, dass er den Weg ein Stück flussaufwärts auf sich nahm und unsere Vorräte in einen anderen Baum hängte, ich wollte lieber beim Feuer bleiben. Als er zurückkam, fühlte ich mich etwas sicherer. Trotzdem konnte ich nachher im Zelt kaum einschlafen, und als es mir doch gelang, wachte ich immer wieder auf. Neben dem Rauschen des Flusses hörte ich Dinge, die ich nicht kannte. Einmal war es ein dumpfes Grollen, wie ein Donner, aber es wiederholte sich nicht. Ein anderes Mal knackte es neben unserem Zelt, und zwar auf meiner Seite. Ich schoss hoch und stieß den Kopf am Zeltdach an. Papa brummte, und ich konnte eine Weile nicht mehr einschlafen. Das Knacken

hörte ich nicht mehr, aber darauf zu warten, war beinahe noch unheimlicher, als wenn es wirklich zu hören gewesen wäre. Ich tastete nach der Steinschleuder neben meinem Kopf und nach den extra spitzen Kieseln, die ich mir zurechtgelegt hatte. Und dann kreischte ein Tier, und es klang so furchtbar, dass ich sicher war, dass es ein Todesschrei war. Ich hatte keine Ahnung, ob der Schrei von einer Wildkatze, einem Vogel oder einem Reh stammte. Ein Reh?! Von der Vorstellung, dass ein Reh vor Angst so schrecklich schreien könnte, wurde mir ganz kalt. Papa schlief neben mir, und alles war wieder ruhig. Ich versuchte, nicht nach dem Bären zu lauschen. Vielleicht konnten Bären riechen, wenn nach ihnen gelauscht wurde.

Sobald die Vögel zu pfeifen begannen und es langsam hell wurde, fürchtete ich mich weniger. Ich schlief ein, und als ich später am Morgen wieder erwachte, war alles Schlimme vorbei. Beinahe musste ich über mich selbst lachen: Wie hatte ich mich nur so fürchten können? Wir waren in der Wildnis, und es war ja klar, dass diese auch nachts Geräusche machte. Ich war es nur nicht gewohnt, im Wald zu übernachten. Und schließlich wusste ich ja auch, dass die meisten Tiere vor den Menschen Reißaus nahmen und nicht einfach so angriffen. Außer vielleicht der Bär, bei dem war ich mir nicht so sicher. Ich verglich die abgebildeten Bärenspuren in Papas Buch mit dem Waldboden um unser Zelt herum und fand nichts Ähnliches. Auch die Tüte mit den Lebensmitteln hing noch am Baum, und der Baum stand unversehrt da, wo er gestern gestanden hatte. Bis jetzt hatte uns der Bär offenbar nicht gefunden.

Papa kam in der Unterhose vom Fluss zurück, wo er sich gewaschen hatte. „Hast du gut geschlafen?", fragte er.
„Es geht", sagte ich, „ich bin ab und zu aufgewacht."
„Eigentlich solltest du gut schlafen im Freien."
„Hast du denn gut geschlafen?", fragte ich.
„Ja, wie ein Murmeltier. Die Geräusche der Natur machen mir nichts aus."
Angeber, dachte ich, wenn er so tief geschlafen hätte, hätte er ja die Geräusche gar nicht gehört. Doch ich sagte nichts, denn er begann Feuer zu machen und Milch zu wärmen in einem Topf, den man direkt ins Feuer stellen konnte. Den hatte Papa zusammen mit der ganzen Ausrüstung gekauft, und wir kochten darin auch unser Trinkwasser ab. Nach unserem Trinkschokolade- und Mohnstrudelfrühstück wusch ich den Topf im Fluss aus, und stellte mir vor, dass dieser Ort unsere Wohnung sei: Die Feuerstelle war die Küche, der flache Stein der Tisch, zwei Holzstücke waren unsere Stühle. Das Zelt war das Schlafzimmer und der Fluss das Bad. Die Vorratskammer hing am Baum, und der Garten waren die Flecken, wo die Heidelbeeren wuchsen. Die Toilette war etwas weiter flussabwärts. In Papas Buch stand Verschiedenes über Toiletten im Wald, aber ich grub mit einem Stock ein kleines Loch neben einem Baum, machte hinein, wischte mich mit Blättern ab und deckte das Ganze mit Laub und Erde zu. Dann wusch ich mir die Hände im Fluss und desinfizierte sie beim Zelt. Über das Desinfizieren stand zwar nichts im Wildnisbuch, aber es war ein bisschen wie zu Hause, es zu tun. Meine Hände rochen dann wie damals, als Mama noch da war.

Ich spazierte durch unsere Wohnung und badete wieder im Fluss, und plötzlich vermisste ich meine Klarinette schrecklich. Wie schön es gewesen wäre, hier in die Landschaft hinaus zu spielen! Ich setzte mich auf einen Stein, und die Langeweile überfiel mich gegen Mittag so sehr, dass ich mich kaum mehr bewegen konnte. Doch auf dem Stein, auf dem ich lag, wurde es mir zu heiß. Also schlenderte ich unter den Bäumen umher und fand einen Ast, der etwa die Dicke einer Klarinette hatte. Ich schnitzte ihm ein schräges Mundstück und Punkte, wo die Löcher und Klappen wären. Dann spielte ich das Stück, das ich vor den Sommerferien geübt hatte. Leider war mir bald noch langweiliger als vorher, und ich bekam Hunger. Ich dachte an Oma Perks Kartoffelsalat. Was hätte ich jetzt für einen Teller davon gegeben!

20
Mörderfraß

„Geh mal Heidelbeeren suchen", sagte Papa. „Ich bereite in der Zwischenzeit den Rest vor."
Ich nahm wieder die leere Verpackung des Nudelsalats und machte mich auf den Weg. Etwas weiter oben am Hang entdeckte ich eine weitere Stelle mit Heidelbeeren, die ich abernten konnte. Die Heidelbeersträucher sahen aus wie ein kleiner Wald. Zwischen einigen Zweigen spannten sich Spinnennetze, aber an die meisten Beeren kam ich, ohne eines berühren zu müssen. Ich hörte nicht auf zu sammeln, bis das Gefäß voll war und hoffte, dass Heidelbeeren schnell

nachwuchsen. Und ich freute mich auf Papas Mittagessen! Kartoffelsalat wie Oma Perk schaffte er zwar nicht, aber vielleicht hatte er ja eine Packung Nudeln mitgenommen, von der ich nichts wusste? Ich hatte eine Mordslust auf Nudeln, und ich hoffte, dass er nicht nur eine Packung, sondern gleich mehrere dabei hatte.

Ich konnte das Feuer riechen, als ich zurücklief. Papa saß bereits an unserem Steintisch. Darauf stand unser Topf.

„Hast du Nudeln gekocht?“, rief ich schon von Weitem.

Papa sah mich verständnislos an: „Nudeln?“

Und dann kam ich näher und sah, was im heißen Wasser schwamm: Schnecken. Häuserschnecken, sechs Stück. Ich erschrak, noch bevor ich richtig verstand, was das bedeutete.

„Sind sie tot?“, stammelte ich.

„Ja, da kannst du beruhigt sein“, sagte Papa. „Probier mal. In Frankreich ist das eine Delikatesse.“

„Wir sind aber nicht in Frankreich!“, schrie ich, und ich schrie, dass er verrückt sei. Ein Mörder! Selber fressen solle er seine Schnecken! Mit Heidelbeeren dazu! Ich schmiss die Schale mit den Beeren auf den Tisch, dass sie auf alle Seiten kullerten, und rannte weg, flussabwärts. Die Tränen brannten auf meinem Gesicht, und in mir drin brannten Wut und Hunger. Beinahe hätte ich den Eingang zum Trampelpfad verpasst, weil ich vor lauter Weinen nichts sehen konnte, aber dann fand ich ihn und hastete bergauf. Kurz bevor ich beim XY ankam, holte Papa mich ein.

„Also gut“, sagte er. „Steig ein.“

21
Supermarket

Ich kringelte mich auf dem Beifahrersitz zusammen und schluchzte während der ganzen langen Strecke talabwärts in die Sitzlehne hinein, bis wir nach Silbermist kamen. Dort gab es ein Gebäude, das von außen wie eine alte Fabrik aussah, aber es war mit *Supermarket* angeschrieben. Ich wollte niemanden sehen und blieb im Auto sitzen, während Papa im Gebäude verschwand. Ich dachte an Mama und wünschte mir, dass sie mir zuhörte. Ich wollte ihr erzählen, was Papa mir abverlangte, aber ich konnte ihr Bild nicht richtig heraufbeschwören, es entglitt mir immer wieder. Nun weinte ich auch wegen ihr: Sogar sie ließ mich im Stich!
Papa kam lange nicht zurück, und ich setzte mich auf. Meine Augen brannten. Neben der ausfransenden Teerstraße standen ein paar Autos. In den Häusern gab es vielleicht Leute, aber ich sah niemanden, das war mir auch lieber so. In einem Vorgarten lag ein Dreirad aus Plastik. Und dann bewegte sich etwas, vom Ende des Dorfes knatterte ein Mofa herbei und hielt vorne an der Ecke. Die Fahrerin entfernte die Obstkiste vom Gepäckträger und stellte sie an den staubigen Straßenrand. Dann nahm sie ihr Handy aus der Hosentasche und begann zu tippen.

Das brachte mich auf die Idee, dass ich auch mein Handy kontrollieren könnte. Vielleicht erinnerte sich ja irgendwer auf der Welt an mich. Wirklich, hier gab es Netzempfang! Und ich hatte Nachrichten.

Jacqueline schickte mir ein Foto von sich und ihrer Tante, und Ria ein Video von einer Walze, einer gewöhnlichen Straßenwalze im Einsatz. Ria war manchmal wirklich seltsam, und trotzdem passte die schwere Maschine genau zu meiner Stimmung.
Auch Aurel hatte geschrieben: „Ist alles gut im Osten? Wo bist du?"
Ich schaute mich um, aber der Ortsname war nirgends sichtbar. Ich stieg aus dem Auto und ging die ganze Straße hinunter bis zum Bahnhof. Dort schrieb ich den Namen des Dorfes ab: *Miesto Sliviek*. Ich konnte Aurel die Nachricht aber erst schicken, als ich wieder im Auto vor dem *Supermarket* saß. Offenbar gab es in Silbermist nur hier Empfang. Lange musste ich nicht warten, und er schrieb zurück: „Ziemlich abgelegen!", und dann: „Neues von der Walze?"
„Nein", schrieb ich, „aber man weiß ja nie."
„Mein Beileid", kam von Aurel, und noch während ich ins Handy tippte: „Wenigstens sind wir weit weg", klopfte die Mofafahrerin an die Scheibe. Sie war jung und hatte lange blonde Haare und leuchtorange Fingernägel. Ich ließ die Scheibe herunter, und ihr Blick flog über den Rücksitz, den Kofferraum und den Stauraum unter meinen Füßen. Dann schaute sie mich an und fragte mich etwas, aber ich verstand kein Wort. Auch als sie Englisch sprach, verstand ich nicht, was sie sagen wollte, aber sie schaute mich so lieb an, dass ich fast wieder weinen musste. Überhaupt machte ich mir Sorgen, dass ich total verweint aussah, aber jetzt war es ohnehin zu spät. Sie reichte mir eine Pflaume durchs Fenster, und dann kam auch schon Papa mit zwei Tüten aus dem Supermarkt, und sie winkte und schlenderte zurück zu ihrem Mofa.

„Ich halte die Walze in Schach, muss sowieso jeden dritten Tag zu ihr“, kam von Aurel im letzten Moment, bevor Papa den Motor startete und wir aus der Zone mit dem Netzempfang hinausfuhren, aus dem Dorf und das Tal hinauf, bis wir wieder bei unserem Parkplatz waren. Nach den Nachrichten von Aurel und der Pflaume der netten Frau fühlte ich mich nicht mehr ganz so elend wie vorher.
Wir nahmen nur eine Packung Nudeln und ein Glas mit Fertigsoße mit. Die restlichen Vorräte ließen wir im geparkten Auto. Diese Idee fand ich nicht so schlecht, weil ich ja die Vorlieben des Bären unterdessen kannte, und weil das Auto immer im Schatten stand. So konnten sich nicht so schnell Keime bilden. Und sowieso: Papa mochte noch so verrückt sein, aber was Keime betraf, hatte er alles im Griff.
Wir gingen zu unserer Wildniswohnung hinunter, und Papa kochte endlich, endlich Nudeln.

22
Alles weg

Gegen Abend wurde der Himmel immer düsterer, und die Luft war schwer. Über den Wasserbecken im Fluss sammelten sich die Mückenschwärme. Ich dachte an unsere Moskitonetze, aber die befanden sich im Auto. Ein starker Wind kam auf, und wir mussten die nassen Badekleider, die über einem Busch zum Trocknen lagen, ins Zelt nehmen. Auch Papa und ich krochen hinein, gerade noch rechtzeitig, bevor die ersten schweren Tropfen auf das Zelt klopften. Zuerst fand ich den Ton des prasselnden

Regens gemütlich, aber dann sorgte ich mich, ob das Zelt wasserdicht war.
Papa runzelte die Stirn und begann im Überlebensbuch zu blättern.
Der Wind wurde stärker, und vom Regen hörte ich keine einzelnen Tropfen mehr, sondern nur noch ein lautes Rauschen. Und dann donnerte es.
„Bei Sturm und Gewitter sollte man sich nicht unter Bäumen aufhalten, erstens wegen Blitzschlags und zweitens, weil Totholz von den Bäumen fallen könnte", sagte Papa.
„Aber wir sind ja direkt unter Bäumen", erwiderte ich, und in diesem Moment erhellte ein Blitz unser Zelt, auf den ein ohrenbetäubender Donner krachte.
„Wir könnten uns ins Auto setzen", sagte ich. „Wir hatten in der Schule davon, dass man darin bei Gewitter sicher sei."
„Da hat Renate recht", sagte Papa. „Aber der Weg zum Auto geht durch den Wald, das ist zu gefährlich. Viel zu viele Bäume."
Ich war froh, dass wir nicht tun mussten, was „Renate" in dieser Situation für das Beste hielt. Papa las weiter im Buch, während das Unwetter immer heftiger tobte.
„Wir sind nicht mehr an Gewitter gewöhnt", murmelte Papa. „Manchmal sitzen wir in der Wohnung und bekommen gar nichts vom Wetter mit."
Fast hätte ich ihn daran erinnert, dass er im vergangenen Jahr auch alles andere nicht mitbekommen hatte, aber ich ließ es bleiben, denn ich sorgte mich gerade um etwas anderes: An den Rändern neben den Schlafmatten bildeten sich Pfützen. Plötzlich klappte Papa das Buch zu und befahl: „Roll die Isomatte zusammen und kauere dich drauf."

„Warum?“, fragte ich, und er sagte: „Schnell! Damit wir keinen Stromschlag bekommen, wenn der Blitz ins Zelt einschlägt! Wir müssen unsere Füße trocken halten!“
Das leuchtete mir ein, weil ich von Frau Stieger auch wusste, dass Wasser Strom leitet. Und Wasser hatten wir mittlerweile ziemlich viel im Zelt. Ich tat, was Papa sagte, und kauerte frierend auf meiner Isomattenrolle, bis mir die Beine einschliefen. Aber ich traute mich nicht, mich zu bewegen, weil ich dann bestimmt ins Wasser getreten wäre. Es umspülte bereits unsere Inseln. Der Sturm zerrte am Zelt, und irgendwann fiel es mit einer heftigen Bö einfach in sich zusammen und klebte an uns. Ich zappelte und merkte, dass auch Papa sich zu befreien versuchte, und dann bekam ich den Reißverschluss zu fassen und machte ihn auf.
Wir krochen hinaus. Keine Minute zu früh.
Wir sahen nicht viel, weil uns der Regen mit voller Wucht ins Gesicht peitschte, doch dann bemerkte ich, dass der Fluss nun direkt vor meinen Füßen vorbeifloss. Die Steine und Schwimmbecken waren nicht mehr zu sehen, auch nicht unsere Feuerstelle. Der Silberfluss war nur noch eine reißende, braune Brühe. Was dann geschah, bekam ich wie im Traum mit. Eine Baumkrone schwamm direkt auf uns zu. Papa packte mich und zog mich die Böschung hinauf. Als wir uns umdrehten, sahen wir, wie unser Zelt in den vorbeitreibenden Ästen hängen blieb und als dunkelvioletter Fleck in den Fluten versank.

Ich hatte weiche Knie, aber Papa zerrte mich weiter. Ich wusste nicht genau, ob wir den Trampelpfad erwischt hatten, denn ich ließ mich mit geschlossenen Augen ziehen.

Das Gewitter krachte immer noch um uns herum, und ich dachte an die Schnecken im Kochtopf. Ob sie gemerkt hatten, dass sie sterben würden? Und was wäre passiert, wenn unser Zelt nicht zusammengefallen wäre und wir nicht rechtzeitig hinausgekrochen wären? Wären Papa und ich bereits ertrunken, oder kämpften wir noch mit den Fluten, oder wäre nur einer von uns tot und der andere noch nicht? Hätte sich die blonde Frau mit den Pflaumen an mich erinnert, wenn unsere Leichen im Dorf angeschwemmt worden wären?
Und wenn wir knapp dem Tod entronnen waren und jetzt von Totholz aus einem Baum erschlagen wurden?

Mir wurde schlecht, und ich hätte beinahe gekotzt. Ich durfte nicht an die Nudeln denken, die mir noch vor ein paar Stunden so wichtig gewesen waren. Mittlerweile hatten wir das Auto erreicht, und Papa drückte mich hinein. Als er neben mir saß, öffnete ich die Augen. Ich glaube, ihm war auch schlecht. Er war bleich und atmete schwer, und wir schlotterten beide vor Schreck und vor Kälte. Ich sah ihn an, und er sah mich an, und ich sagte: „Jetzt ist alles weg."
Er nickte. Er konnte fast nicht mehr aufhören zu nicken, und dann stammelte er: „Zum Glück habe ich das Buch fertiggelesen, bevor es weggespült wurde."
Ich verstand nicht, was er damit sagen wollte. Wenn er gesagt hätte: „Wie schön, dass wir gerade noch mit dem Leben davongekommen sind" – das wäre normal gewesen. Aber dass seine Hauptsorge war, das Buch fertiggelesen zu haben, das jetzt weggespült worden war, das war verrückt. Zum Glück wusste ich mittlerweile, dass Papa verrückt

war, und was er dann sagte, konnte mich nicht mehr überraschen: „Richtig überleben in der Wildnis heißt ja, ohne all die Dinge auszukommen."
„Aber ich esse keine Schnecken, damit du's weißt!", warf ich schnell ein.
Dann kroch ich nach hinten in den Kofferraum und reichte trockene Kleider, eine Flasche Wasser, eingeschweißten Mohnstrudel und zwei Äpfel nach vorne.
Das Gewitter zog weiter, und der Regen wurde schwächer. Als ich wieder vorne im Auto saß, schwiegen wir eine ganze Weile und aßen. Papa kratzte sich ein paarmal an seinem Dreitagebart und schaute mich erschrocken an, als wäre ihm erst jetzt klar geworden, dass wir hätten sterben können. Irgendwann seufzte er: „Also gut. Keine Schnecken. Das Essen kaufen wir. Aber der Rest ist Wildnis."

Wir waren zwar noch nicht mal eine Woche unterwegs und doch hätte ich den Zeitpunkt passend gefunden, eine Pause von der Wildnis zu machen. Ich fragte: „Fahren wir jetzt wieder in Richtung Westen, nach Hause?"
„Nein", sagte Papa erstaunt. „Wie kommst du denn darauf? Wir sind doch gerade erst losgefahren. In der Wildnis passieren eben Dinge, die wir zu Hause nicht erleben. Deshalb sind wir ja hier."

Ich überlegte, was wir nicht mehr hatten: Wir hatten kein Zelt mehr, auch keine Isomatten und keine Schlafsäcke. Der Topf und die Gabeln waren auch weg, nahm ich an. Mein Badeanzug leider auch. Die leere Nudelsalatpackung war zu verkraften, ich fand bestimmt ein anderes Gefäß zum Beerensammeln. Wir hatten auch kein Desinfektionsmittel mehr im Auto. Wahrscheinlich konnte man in der Wildnis auch ohne überleben, Mama war ja weg. War das Taschenmesser im Auto oder im Zelt? Das Taschenmesser brauchten wir auf jeden Fall. Trockene Streichhölzer hatten wir im Kofferraum, das hatte ich gesehen, und Zahnbürsten hatten die Höhlenbewohner ja auch nicht gehabt. Dem Wildnisbuch trauerte ich nicht nach, und mit dem Verlust der Steinschleuder konnte ich leben.

Ich bemerkte, dass Papa mich unverwandt anschaute, und plötzlich beugte er sich zu mir herüber und zog mich an sich, sodass ich mich ganz in seinen Armen vergraben konnte wie früher. Ich hörte seinen Puls laut und schnell, und er flüsterte: „Oh, Lila. Es tut mir leid. Lilalilalila. Ich wollte dich doch nicht in Gefahr bringen. Ich wollte doch nicht, dass uns etwas passiert."

Ich bewegte mich nicht. Das wunderbare Gefühl zu leben kroch in mir hoch und füllte mich plötzlich so aus, dass ich fast daran zerplatzte.

Nach allem, was in den letzten Stunden passiert war, glaubte ich nicht mehr, dass der Bär die größte Gefahr für uns darstellte. Es gab noch viel Gefährlicheres! Aber das kannten wir jetzt. Das Gefährlichste war der Tod selbst, und dem waren wir gerade entronnen. Wenn Papa nicht noch eine verrücktere Idee hatte als all das, was hinter uns lag, konnten wir sicher sein. Verrückter als der Tod selbst konnte nichts mehr werden.

23
Im Weltraum

Das war die zweite Nacht, die wir auf diesem Platz im Auto verbrachten. Nur hatte ich diesmal keinen Schlafsack mehr.
„Zieh alle Kleider an, die du dabei hast“, riet mir Papa.
Ich kletterte nach hinten in den Kofferraum und zog Schicht für Schicht an, bis ich mich wie eine Astronautin fühlte, die sich etwas tollpatschig im Weltraum bewegte. Vorne rollte ich zwei T-Shirts zu einem Kissen und stellte den Sitz nach hinten. Papa angelte sein Handy aus dem Ablagefach hinter dem Schalthebel. „Wir sollten auch mal ohne auskommen“, hatte er gesagt, als er es da zurückließ.
„Oh, kein Netz“, sagte er jetzt.
„Weiß ich schon lange“, bemerkte ich, aber er schaltete Musik ein, seine französischen Lieder. Es war lange her, dass es dort, wo er sich aufhielt, Musik gab. Jetzt fühlte ich mich noch mehr wie im Weltraum, im Auto in einem Wald nahe der ukrainischen Grenze und mit französischer Musik, und Papa saß neben mir und hatte sich entschuldigt, mich in Gefahr gebracht zu haben. Der Weltraum war groß und schön.

Nach einer Weile sagte Papa: „Wir sollten wieder Schlafsäcke haben. Und Badehosen und Isomatten und Kochgeschirr.“
„Dann müssen wir morgen schon wieder nach Silbermist fahren“, sagte ich.
„Wohin?“
„Ins Dorf. Um alles wieder einzukaufen.“

„Da gibt es nur einen Laden. Und der hat nichts davon."
„Haben wir das Taschenmesser noch?", fragte ich.
Als Antwort zog Papa es triumphierend aus seiner Hosentasche: „Immer dabei."
Ich dachte eine Weile nach, dann sagte ich: „Im Buch habe ich ein Bild gesehen von einem Typen, der in einem Laubhaufen geschlafen hat."
Papa sah mich an. „Du hast selbst gesagt, ich sei ein Egoist. Aber das sind auch deine Ferien. Ein bisschen bequem dürfen wir es uns schon machen. Ein Schlafsack, eine Unterlage und ein neues Zelt sind das Minimum."
Ich zuckte mit den Schultern. Vielleicht waren unsere Wildnisferien sicherer ohne Zelt, dachte ich. Die Vorstellung, im Zelt gefangen zu sein und weggespült zu werden, saß mir tief in den Knochen. Lieber schlief ich in Zukunft unter freiem Himmel, sogar wenn es regnete. Das war irgendwie zu überleben. Weit wichtiger als das Zelt war mir, dass wir die Gefahren rechtzeitig sahen, dass wir genug zu essen hatten und dass wir nicht jagen gehen mussten.
„Wir müssten jemanden haben, der uns neue Sachen bringt", überlegte Papa weiter. „Gibt es sonst noch etwas, was du vermisst von zu Hause?"
„Von zu Hause?", fragte ich erstaunt, aber dann fuhr ich gleich fort: „Meine Klarinette und die Bücher zum Beispiel."
Natürlich vermisste ich auch Ria und Jacqueline, aber die waren ja auch nicht zu Hause.
Papa lachte. „Ist das alles?"
„Ja", sagte ich etwas verunsichert, denn ich verstand nicht, worauf er hinauswollte. „Sonst ist eigentlich alles da. Glaube ich."
Papa sagte: „Ich habe eine Idee."

Doch bevor ich nachfragen konnte, was er sich wieder ausgedacht hatte, hörte die Musik auf. Papa begann, auf dem Handy herumzudrücken, und dann kam er zum Schluss, dass der Akku leer war. Aufladen konnte man ihn nur während der Fahrt.
Ich war plötzlich müde wie ein Stein nach der ganzen Aufregung.
Weil ich nicht hinter dem Steuer saß, hatte ich etwas mehr Platz als Papa, aber ich mochte nicht mehr tauschen. Und ich hatte noch einen anderen Gedanken, während ich mich einrollte und die Augen schloss: Er sollte gar nicht schlafen, sondern auf mich aufpassen. Schließlich war er der Vater und ich das Kind. Ich wünschte mir, dass er mich die ganze Nacht bewachte.

Einmal wachte ich auf. Der Wind hatte sich gelegt, und es fielen keine Tropfen mehr auf die Windschutzscheibe. Neben mir bewegte sich Papa. Ich hatte kalte Füße und schlüpfte in meine Turnschuhe, dann schlief ich weiter.

Am Morgen dampfte der Wald. Überall lagen Äste herum. Die Sonne beleuchtete die Baumkronen hellgrün, und der Himmel war blau. Sogar im Inneren des Autos hörte man die Vögel zwitschern. Mir fiel wieder ein, wie unser Zelt weggeschwemmt worden war, und der Schreck fuhr mir nochmals richtig in die Beine. Papa war auch schon wach und schlug vor, zu unserem Platz am Fluss hinunterzugehen.

Schlimm sah es dort aus. Nichts deutete darauf hin, dass wir hier einmal gewohnt hatten. Der Silberfluss hatte sich

wieder fast auf seine ursprüngliche Breite zurückgezogen, nur das Wasser war noch braun. Aber die Böschung, wo unser Zelt gestanden hatte, gab es nicht mehr, sie war abgebrochen. Bei diesem Anblick wurde mir mulmig.
„Es war dumm, das Zelt hier aufzustellen", sagte ich.
Papa sagte nichts, aber ich sah, dass er sich genauso schämte für unsere Dummheit wie ich.
Wir kehrten um und gingen zurück zum XY.
„Wir suchen einen neuen Ort", sagte Papa.
Wir folgten mit dem Auto der Straße in die Richtung, die wir noch nicht kannten: weiter bergauf, weiter in die Wildnis hinein. Dabei luden wir Papas Handy auf. Meines hatte noch einen halb vollen Akku, und ich nahm mir vor, ein paar Fotos zu machen, wohin wir auch kamen.
Ich ging nochmals durch, was wir noch hatten: Wir hatten ein Auto, das uns bei Gewitter vor Blitzschlag und Nässe schützte. Wir hatten nasse und trockene Kleider, und das Taschenmesser hatte Papa in der Hosentasche. Im Kofferraum lagen Streichhölzer, zwei Moskitonetze und die zwei Tüten mit Lebensmitteln. Und eine Dose mit Schokoladenpulver war auch noch da. Außerdem hatten wir unsere Handys. Das Handy war die einzige Verbindung zur normalen Welt, solange wir uns nicht gerade in einem Funkloch befanden. Nur befanden wir uns meistens in einem.
Ich dachte an Aurel, dann an Jacqueline und an Ria. Sie alle konnten sich wahrscheinlich nicht vorstellen, was bei uns passierte, und ich wusste nicht, wie ich es ihnen beschreiben könnte. Wenn sie wüssten, dass wir gerade dem Tod entronnen waren, und dass Papa sich entschuldigt hatte! Für sie war die Hauptsensation, dass die Walze irgendwas mit Papa zu tun hatte, und sie warteten gespannt auf Neu-

igkeiten. Ich aber hätte gut auf die Walzengeschichte verzichten können. Schließlich hatte ich auch noch andere Sorgen, von denen sie keine Ahnung hatten. Ich tat mir etwas leid, weil ich damit so allein war. Dann dachte ich wieder an Aurel, der wenigstens „mein Beileid" geschrieben hatte, obwohl er nicht wusste, was bei uns gerade geschah. Wenigstens das. Offenbar hatte er gespürt, dass das nötig war.

24
Ein neuer Platz

Das Auto holperte. Die Bäume standen näher an der Straße, und das, worauf wir fuhren, konnte man auch nicht mehr unbedingt Straße nennen. Es war eher eine unbefestigte Fahrspur, ein Waldweg, der aus zwei Fahrrinnen und einem bewachsenen Mittelstreifen bestand. Ich hatte nicht aufgepasst, wann die Straße aufgehört hatte, aber ich vermutete, dass sie einfach irgendwann in diese Holperpiste übergegangen war. Am Wegrand sah ich immer wieder aufgestapelte Baumstämme. Wahrscheinlich fuhren hier nur Holzfäller durch. Um unser Auto machte ich mir allerdings keine Sorgen. Das XY glich den Modellen aus dem Fernsehen, die von bärtigen Auswanderern in der Wüste und im Dschungel gefahren wurden.

Irgendwann endete auch dieser Weg in einem kleinen Wendeplatz. Dort parkten wir. Der Wald bestand hier mehrheitlich aus Nadelbäumen. Rechts von uns war es

steil und felsig. Links vorne schien es aber flacher zu sein, und der Wald wurde etwas lockerer. Wir gingen in diese Richtung und standen plötzlich vor einem weiten Tal, das von einem Gebirgsbach durchzogen war. Wahrscheinlich war es der Silberbach, der weiter unten zum Silberfluss wurde. Links und rechts des Baches öffneten sich weite Wiesen mit kurzem Gras. Es roch würzig.
„Hier ist es viel besser“, sagte Papa.
Ich nickte: „Dieser Bach kann sich nicht so schnell mit Wasser füllen.“
„Ist ja auch klar“, sagte er, „weiter unten kommen noch Bäche und Flüsse aus den Seitentälern hinzu. Hier oben ist das nicht der Fall, und er kann ja auch nicht so schnell durch die Ebene fließen.“
Ich schaute Papa an. Er tat, als ob er das schon lange gewusst hätte, dabei hatte er sich erst gestern noch nicht vorstellen können, dass ein Fluss so schnell so reißend werden konnte. Ich musste also weiterhin auf der Hut sein. Das Tal war umgeben von Bergen, und weit hinten, auf der anderen Talseite, reichte eine Waldzunge bis fast zum Bach hinunter. Dorthin wollten wir wandern. Wir holten eine Tüte mit Dosengulasch, weißen Bohnen, Brot, Gurken und Schokoladenpulver aus dem Auto und packten Kleider und die Moskitonetze in die Rucksäcke. Dann machten wir uns auf den Weg. Ich fotografierte das Tal mit unserem Ziel an seinem Ende. Zuerst mussten wir ein Stück in den Wald hineingehen, um zum Silberbach hinunter zu gelangen. Als sich die Wiese öffnete, gingen wir ein Stück das Ufer entlang, bis wir eine Stelle mit großen Steinen fanden, um das Wasser zu überqueren. Ein bisschen nass wurden meine Schuhe trotzdem, weil einige Steine überspült waren.

„Hier werde ich eine Brücke bauen“, sagte Papa.
Auf der anderen Seite wanderten wir weiter, um eine Biegung herum und auf die Waldzunge zu. Bevor der Bach die Kurve machte, drehte ich mich um und fotografierte die Stelle, an der ich unser Auto vermutete. Dann entfernten wir uns etwas vom Wasser und erreichten den Wald. Der Abhang war nicht sehr steil, aber der Waldrand befand sich doch weit genug oberhalb des Baches, dass wir auch bei Hochwasser nicht weggeschwemmt werden konnten.
„Hier richten wir uns ein“, sagte Papa.
Wir hatten Glück, denn gleich zwischen den vordersten Bäumen fanden wir einen großen Felsvorsprung, unter dem der Abhang tief ausgehöhlt war. Papa kletterte hinauf, prüfte alle Seiten und kam zufrieden zurück: „Das hält. Der Fels sitzt tief im Berg.“
Ich schaute zur Sicherheit nach, ob er nicht etwas übersehen hatte. Doch ich fand auch nichts Gefährliches. Hier konnten wir unsere neue Wohnung einrichten.
Wenn man kein Zelt hat, muss man sich das Schlafzimmer selbst bauen. Wir stellten lange Äste an den Felsvorsprung und ließen nur vorne eine Öffnung zum Hineinkriechen. Das war wie eine Höhle, die genug tief war, dass sogar Papa sich ausstrecken konnte. Er befestigte die Äste unten mit schweren Steinen, damit sie nicht verrutschten. Ich suchte Efeuranken und flocht sie zwischen die Äste, damit die Wand möglichst dicht von Blättern bedeckt war. Dann legte ich noch Tannenzweige darüber und band sie ebenfalls mit Efeu fest. Papa meinte: „Jetzt ist unsere Höhle wasserdicht. Aber ein Zelt wäre noch besser. Und Schnur. Schnur brauchen wir auch unbedingt.“

Ich fand jedoch, dass unsere Hütte stabiler wirkte als ein Zelt. Wir brachen noch weitere Tannenzweige ab und legten damit den Boden aus. Als ich mich drauflegte, war ich erstaunt, wie weich und federnd diese Waldmatratze war.

Zum Schluss kam der Luxus: Wir hängten die Moskitonetze oben an die Äste. Damit hatte jeder von uns ein eigenes Innenzelt um seinen Schlafplatz herum. Wir hatten auch noch zwei Badetücher, die wir auf die Nadelbetten legen konnten. Es sah so gemütlich aus, dass ich ein Foto machte und mich richtig aufs Zubettgehen freute. Der Tannenduft erinnerte mich an Weihnachten, wenn Mama Zweige auf den Küchentisch legte mit bunten Kugeln darauf.
„Wenn wir nur Schlafsäcke hätten", murmelte Papa.
„Wir können uns ja mit Laub zudecken", warf ich ein. „In deinem Buch machen sie das auch."
„Ach", sagte Papa, „ein bisschen Komfort darf schon sein. Es sind ja, wie gesagt, auch deine Ferien. Kinder sollten eigentlich nicht im Laub schlafen."
„Aber wir haben nun mal keinen Schlafsack", sagte ich, und dabei kam ich mir vor wie Mama früher, wenn sie mir klarmachen wollte, dass ich kein Nutella aufs Brot bekam: „Heute ist nun mal nicht Sonntag."
Papa zuckte mit den Schultern und richtete die Feuerstelle ein.
Es dämmerte bereits, und die gegenüberliegende Talseite lag im Schatten. Wir rösteten Brot über dem Feuer und kochten Gulasch aus der Dose. Das Gute war, dass man dafür keinen Topf brauchte, und dass wir danach die Dose als Topf für Wasser und Nudeln und alles Mögliche gebrauchen konnten. Etwas schwieriger war das Essen ohne Besteck.

Wir schaufelten die Fleischstücke mit einem Stück Brot aus der Dose und tunkten die Soße auf.

Als es dunkel war im Wald, wollte ich in mein schönes Schlafzimmer kriechen. Durch die Öffnung sah ich Papa am Feuer sitzen. Ich glaube, ihm gefiel es auch hier. Als er den Kopf drehte, sah ich sein orange beleuchtetes Gesicht.
„Lässt du dir einen Bart wachsen?“, rief ich ihm zu.
„Kein Rasierzeug“, erklärte er.
Seine Bartstoppeln waren schon ziemlich lang. Wenn ich den Schatten an seinem Hals dazu dachte, konnte ich mir vorstellen, wie er mit einem Bart aussah. Mir fiel ein, dass Mama immer gesagt hatte: „Ich bin froh, dass du keinen Bart hast.“
Sie hatte recht. Überhaupt machte Papa plötzlich Dinge, die ihr nicht gefallen würden.
„Der Bart steht dir aber nicht!“, rief ich ihm zu, und mein Ton musste ziemlich böse gewesen sein, denn er schaute mich erschrocken an.
„Du musst dir unbedingt Rasierzeug kaufen“, brummte ich und zog mich ins Innere meiner Moskitonetzhöhle zurück. Ich dachte an Aurel, der zum Glück noch keinen Bart hatte.

25
Noch mehr Überlebenstricks

In der Wildnis dauert alles ziemlich lange. Am nächsten Tag schnitzten wir Besteck. Ich spitzte Zweige zu, damit wir in Zukunft die Gulaschstücke oder die Kartoffeln aufspießen konnten. Papa machte einen Löffel: Zuerst schälte er einen dickeren Ast und legte vorne ein Stück heiße Holzkohle darauf. Die verkohlte Stelle kratzte er ab und legte wieder ein Stück Kohle darauf. Auf diese Weise brannte er eine Vertiefung in den Ast. Dann schnitzte er um die runde Vertiefung herum die Löffelform.

„Hast du das auch aus dem Buch?", fragte ich.

Papa nickte. „Ja. So wenig braucht es, um sich das Leben angenehm zu machen."

Ich fand vor allem die Vorstellung angenehm, den Löffel gebrauchen zu können, denn bis er fertig war, hatte ich Bauchschmerzen vor Hunger. An diesem Tag kochten wir weiße Bohnen in Tomatensoße, wieder mit Brot. Der Löffel war sehr klobig als ich ihn testete, und er schmeckte nach grünem Holz. Das gab ein raues Gefühl an der Lippe. Außerdem hatten wir ja nur einen. So benutzten wir ihn eher als Kelle, um das Essen aus der Dose zu fischen, und pickten die einzelnen Bohnen mit den Fingern vom Löffel. Das störte mich nicht. Offenbar fand Papa das auch in Ordnung, obwohl er sonst immer so pingelig war mit Lebensmitteln und bloßen Fingern.

„Haben wir kein Desinfektionsmittel mehr?", fragte ich.

Er schüttelte den Kopf: „Alles weg. Aber wenn man ganz in der Natur lebt, braucht man keins. Die schlimmsten Keime

entstehen dort, wo Essen verdirbt oder Krankheiten im Umlauf sind. Aber wir sind ja gesund und essen alles rechtzeitig auf."
Er nahm noch ein paar Bohnen und blickte mich an: „Du wäschst dir doch immer die Hände, nachdem du auf dem Klo gewesen bist?"
„Hier gibt es kein Klo", sagte ich, und dann lachten wir beide. Seine Zähne blitzten hinter dem Bart, der heute noch dichter war. Das gefiel mir nicht, und ich lachte ein bisschen weniger und dachte an mein Klo. Ich hatte bereits am Vortag eine Stelle hinter dicht wachsenden Jungtannen entdeckt, wo ich meine WC-Grube eingerichtet hatte. Von dort war es auch nicht weit zum Bach.
Nachdem ich das nächste Mal dort gewesen war, zog ich mich aus und ging baden. Papa war nicht in der Nähe. Das war mir recht, denn ich wollte allein sein, wenn ich nackt war. Natürlich war hier das Wasser nirgends so tief, dass ich darin schwimmen konnte. Aber es gab sandige, knietiefe Becken zwischen den Steinen, in die man sich hineinlegen und das vorbeiströmende Wasser spüren konnte. Es war eiskalt! Schon nach kurzer Zeit hielt ich es nicht mehr aus und ließ mich am Ufer trocknen. Die Sonne war warm, meine Haut prickelte, und ich hörte die Vögel zwitschern.

Ich zog mich wieder an und ging zurück durch ein Heidelbeerfeld und Buschwerk. Plötzlich raschelte es unmittelbar vor mir, und ich sah gerade noch einen schwarzen Schwanz zwischen Steinen und Rindenstücken verschwinden, so schnell, dass ich gar nicht wusste, ob ich ihn wirklich gesehen hatte oder nicht.

„Papa!“, schrie ich, „eine Schlange!“
Papa eilte herbei.
„Ein Schlange!“, schrie ich nochmals, „hier gibt es Schlangen!“
„Ist sie weg?“, fragte Papa. „Im Überlebensbuch steht, dass man bei Schlangenbissen sofort das Gift aussaugen und wegspucken soll. Aber noch besser ist es, immer gute Schuhe zu tragen und fest aufzutreten, damit die Schlangen die Erschütterung spüren und fliehen.“
Prima, dachte ich, und ich gehe barfuß durch den Wald.
„Das hättest du auch früher sagen können“, schimpfte ich.
Papa fragte verständnislos: „Hast du denn das Buch nicht gelesen?“
„Nein“, gestand ich. „Nur durchgeblättert und manchmal ein paar Abschnitte gelesen.“
„Oh“, sagte Papa und griff sich an den Kopf. „Und was machst du, wenn du einem Bären begegnest?“
Langsam wurde ich wütend. „Ich will keinem Bären begegnen! Müssen wir unbedingt in einer Gegend die Ferien verbringen, wo es Bären und Schlangen und Überschwemmungen gibt?“
„Wir sind nun mal hier“, sagte Papa. „Wenn du einem Bären begegnest, musst du dich auf den Boden legen und den Kopf bedecken. Wenn du Glück hast, interessiert er sich nicht für dich.“
Papa war verrückt. Er verstand nicht, worum es ging. Für ihn zählte nur das Überleben und was er über das Überleben auswendig gelernt hatte.

26
Papa hat sich etwas ausgedacht

Und noch etwas zählte für Papa. Als wir am Abend am Feuer saßen und dem Wald und dem Bach zuhörten, als die Welt ganz klein wurde, so klein wie das, was im Feuerschein zu sehen war, als es nur noch ein paar Tannen, unsere Höhle, Papa und mich gab, sagte er: „Ich habe mir etwas Besonderes einfallen lassen."
Ich sah auf.
„Vielleicht findest du es verrückt", fuhr Papa fort.
Jetzt war ich alarmiert. Alles war ziemlich verrückt, was sich Papa einfallen ließ. Wenn er es sogar selbst verrückt fand, war es vermutlich hoch gefährlich.
Er fuhr fort: „Wir haben ja keine Schlafsäcke mehr. Und das Zelt fehlt auch."
„Wir haben eine Höhle, das ist viel besser", warf ich ein.
Er schüttelte den Kopf. „Du hast heute Morgen selbst gesagt, dass du in der Nacht gefroren hast. Ich möchte nicht, dass wir hier oben krank werden." Damit hatte er recht. Tatsächlich konnte ich mir nichts Gemütlicheres vorstellen, als in einen warmen Schlafsack zu kriechen.
„Und wo willst du Schlafsäcke kaufen?", fragte ich.
„Nicht kaufen", sagte er, „wir lassen sie uns bringen."
Ich verstand nicht.
Er lächelte und sagte etwas verlegen: „Du weißt ja, dass ich mich öfter mit Renate Stieger getroffen habe."
Ich wollte nicht glauben, was ich ahnte, aber er fuhr bereits fort: „Renate macht sich Sorgen um uns, sie fragt immer wieder nach, wie es uns geht. Sie hat auch gefragt, ob

dir noch nicht langweilig sei. Seit gestern konnte ich ihr nicht mehr schreiben, sie weiß noch nichts von der Überschwemmung. Wenn ich es ihr aber erzähle … na ja, ich dachte, sie könnte uns bei dieser Gelegenheit besuchen und uns neue Schlafsäcke und ein Zelt bringen. Und natürlich auch deine Klarinette. Ich habe ihr den Schlüssel zu unserer Wohnung gegeben, für den Notfall, das zahlt sich jetzt aus."

Jetzt gab er es also zu. Es war schrecklich. Die Walze hatte sich an Papa herangemacht, sobald Mama weg gewesen war. Und ich war schuld daran, weil sie sich wegen mir getroffen hatten. Hätte ich mir nur mehr Mühe gegeben und wäre immer fröhlich gewesen und hätte immer gute Noten geschrieben!

„Und was ist mit Mama?", krächzte ich.

Papa sagte ernst: „Irgendwann muss das Leben weitergehen."

Verräter! Aber es kam noch schlimmer, obwohl ich das nicht für möglich gehalten hätte:

„Ich weiß auch schon, wie sie schnell bei uns sein kann. Ich muss nur noch die Koordinaten durchgeben."

„Was?"

„Wir wollen ja möglichst schnell unsere Schlafsäcke", erklärte Papa. „Und Renate hat wahrscheinlich auch nur kurz Zeit, denn sie hat einen schwierigen Fall am Hals. Ein Jugendlicher, der mal zu ihr in die Schule gegangen ist und sich nun alle drei Tage bei ihr melden muss."

Aurel!

„Was?" Ich wusste nicht mehr, was ich denken sollte.

„Sie ist so eine Art Bewährungshelferin für ihn. Er scheint einige Probleme mit seiner Familie zu haben und hält sich

nicht an die Regeln. Drei Tage sollten für sie aber drin sein: ein Tag Anreise, eine Nacht und ein Tag und nochmals eine Nacht hier, dann Rückreise."
Ich schüttelte den Kopf und klammerte mich an die letzte Hoffnung, dass alles, was ich hörte, nicht stimmte: „In einem Tag kommt man nicht von zu Hause bis hierher."
„Doch", sagte Papa zufrieden. „Wenn man den direkten Weg kennt. Sie fliegt eine Stunde bis nach Bratislava. Dort nimmt sie den Zug und fährt hierher. Sie wird also ihren Schützling übermorgen früh noch treffen können, dann zum Flughafen fahren und gegen Abend hier sein. Wir holen sie im Dorf ab."
Übermorgen schon! Das alles klang, als ob Papa es schon lange geplant und nur nach einem Grund gesucht hatte, dass die Walze kommen musste. Er schien gar nicht zu merken, wie furchtbar das alles war, sondern redete einfach weiter, als ob er die ganze Sprachlosigkeit des vergangenen Jahres aufholen müsste: „Sie wird den wunderbarsten Ort der Welt kennenlernen. Findest du es nicht auch großartig hier?"
Bis dahin hatte ich das gefunden, wenigstens ein bisschen. Jetzt nicht mehr.
Papa wartete meine Antwort nicht ab. „Es war ihre Idee, dass ich einmal etwas ganz Neues unternehmen sollte. Etwas, von dem ich bisher nur geträumt hatte. Etwas, was auch dir gefallen würde."
Papa fand es offenbar toll, wenn wir jeden Tag dreimal in Lebensgefahr schwebten, und die Walze hatte ihn dazu angestiftet. Ich fühlte, wie die Wut in mir hochstieg. Ich schrie: „Egoist!"
Papa zuckte zusammen, dann versuchte er, mich zu be-

schwichtigen: „Es geht hier nicht nur um mich. Für Renate ist es sehr wichtig, dass es dir gut geht. Dass sie und ich uns ... na ja, mögen, ist einfach dazugekommen."
„Woher will sie wissen, ob mir das Überleben in der Wildnis gefällt?", zischte ich. „Ich habe es bis jetzt ja nie ausprobiert."
„Sie kennt dich nach zwei Jahren als deine Klassenlehrerin ziemlich gut", sagte er.
Das machte mich noch wütender. Was bildete er sich eigentlich ein?
„Die Walze mag die Wildnis ja selbst nicht! Unsere Klassenausflüge waren nie außerhalb des Straßenbahnnetzes."
„*Wer* mag die Wildnis nicht?"
„Die Walze!"
„Ach so, Renate", sagte Papa. „Aber hierher muss sie nicht eine ganze Schulklasse mitnehmen. Hier muss sie nur auf sich selbst aufpassen, das ist viel schöner."
„Ich kenne sie ja wohl besser als du", schnaubte ich. „Ich habe sie zwei Jahre lang fast jeden Tag gesehen. Sie macht nichts lieber, als auf andere aufzupassen."
Darauf sagten wir ein paar Minuten nichts. Ich nahm eine leere Dose, kletterte zu unseren Vorratstüten im übernächsten Baum und mischte viel Schokoladenpulver mit ein wenig Wasser. Das half mir nachzudenken. Und wirklich fiel mir etwas ein: „Du kannst unsere Koordinaten gar nicht durchgeben", rief ich vom Baum hinunter. „Wir sind hier im Funkloch."
Papa rief zurück: „Wir fahren morgen ins Dorf und bereiten alles vor!"

27
Vorbereitung auf die Katastrophe

Ich fuhr nur mit, weil ich so aufgebracht war, dass ich die neuste Ungeheuerlichkeit unbedingt mit Ria und Jacqueline teilen musste. Und was noch dringender war: Ich musste Aurel informieren. Vielleicht konnte er mir irgendwie helfen. Vielleicht konnte er der Walze morgen früh ein Bein stellen, und sie würde sich den Fuß verstauchen und könnte nicht hierher reisen.
Kein Wort sprach ich mit Papa, während wir durch das Tal, über den Bach und bis zum Auto wanderten. Als ich im XY saß, schaute ich stur seitlich zum Fenster hinaus, damit ich ihn nicht ansehen musste.
Ich war erstaunt, wie lange wir fahren mussten, bis der Waldweg zur Straße wurde, bestimmt eine Viertelstunde. Von dort ging es nochmals ziemlich lange, bis wir an unserem alten Parkplatz vorbeikamen, und den Weg von da bis ins Dorf kannte ich ja. Der war ebenfalls weit, und alles zusammen reichte, um mein Handy ganz aufzuladen.

Wir hatten unsere Höhle wirklich am Ende der Welt eingerichtet. Vielleicht hatte dieser Ort nicht mal Koordinaten, dachte ich, aber dann fiel mir ein, dass sich die Koordinaten jeden Ortes auf der Erde berechnen ließen, egal, wie abgelegen er war, und Silbermist hatte sogar einen Bahnhof.

Im *Supermarket* kaufte Papa einen richtigen Topf und richtiges Besteck. Waren meine Spieße nicht mehr gut genug,

wenn die Walze dabei war? Er packte auch Honigwaffeln in den Einkaufswagen.
„Die locken den Bären an“, sagte ich. Die Walze musste nicht mit Süßigkeiten gemästet werden, nicht bei uns. Und wirklich, Papa wiegte die Packung in seiner Hand, schüttelte den Kopf und legte sie zurück. Das war hart, denn ich mochte Honigwaffeln. Aber nun zählte vor allem, dass sich die Walze nicht wohlfühlen würde. Ich stellte mir vor, wie sie schmollend auf einem Baumstamm saß und vom Strandurlaub träumte. Und dann würde sie sagen, dass sie zurück wollte, zurück in ihre Wohnung in der Altstadt. Zurück zum Waldmeister, den sie ja auch gießen musste, und zurück zu Aurel, dem schwierigen Fall. Wir würden sie hier im Dorf zum Bahnhof bringen, und Papa würde sagen, wie schade es sei, dass sie nicht mal einen Tag lang bleiben könne, und ich würde sagen, dass es besser sei für alle, wenn sie wieder verschwände, und dann wäre sie weg.
Wie viele Stunden dauerte es wohl, bis sie sich entschied, wieder abzureisen? Die Walze konnte sehr stur sein. Vielleicht hatten Ria und Jacqueline eine Idee, wie man sie möglichst schnell wieder loswerden konnte.
Ich ließ Papa allein weiter einkaufen, setzte mich ins Auto und holte mein Handy hervor. Eine Nachricht von Aurel war drauf: „Immer noch in diesem Kaff?“
„Ja Hilfe schrecklich, die Walze will kommen! Morgen!!!“, antwortete ich, und weil ich so aufgeregt war, schrieb ich auch an Ria und Jacqueline: „Die Walze kommt hierher!!! Hilfe!!!“
Von allen dreien kam nichts zurück. Es war Nachmittag. Jacqueline hing wohl mit ihrer Tante in einer Eisdiele herum, und Ria badete gerade im Meer. Was Aurel machte,

konnte ich mir vorstellen: Entweder war er beim Güterschuppen oder bei der Walze. Und ich saß hier im Nirgendwo und hatte ein Riesenproblem.

28
Silbermist

Jemand klopfte an die Autoscheibe. Zuerst sah ich nur die Hand und die leuchtorangen Fingernägel, dann einen Vorhang blonder Haare und ein lachendes Gesicht. Die Pflaumenfrau! Sie saß auf ihrem Mofa, griff nach hinten in die Obstkiste auf dem Gepäckträger und hielt eine Pflaume an die Scheibe. Ich öffnete und nahm die Frucht.
„Danke“, sagte ich.
Die Frau sagte auch irgendetwas, winkte und fuhr weiter.

Papa war noch nicht zurück. Ich stieg aus und schlenderte durch das Dorf. Es bestand nur aus einer Straße und Häusern links und rechts. Die Häuser waren klein und nahe zusammengebaut, aber zwischen ihnen gab es Pfade, die von der Straße wegführten. Ich sah, dass die Häuser gegen hinten Anbauten hatten, weitere Wohnhäuser, die immer niedriger wurden, je weiter weg von der Straße sie standen. Ihre Türen gingen auf die Gässchen aus fest gestampfter Erde hinaus. Vor manchen Eingängen lagen Teppiche, ähnlich denen, die wir im Auto hatten. Dort spielten Kinder.
Es gab also doch Menschen an diesem Ort. Nicht nur die Pflaumenfrau.
Der *Supermarket* lag am einen Ortsrand und der Bahnhof

am anderen. Dorthin ging ich. Ich hätte statt der Straße auch die Schienen entlang gehen können, die genau bis zum Endbahnhof reichten: Auf beiden Geleisen standen riesige Betonklötze, und dahinter führten sie nicht mehr weiter. Der Bahnhof war eigentlich nur ein Unterstand mit einem Schalterhäuschen, das nicht besetzt war. Aber daneben gab es einen Güterschuppen mit einer Rampe, ähnlich der Rampe zu Hause! Ich setzte mich dorthin, aß die Pflaume und stellte mir vor, ich wäre beim Güterschuppen zu Hause, und neben mir säße Aurel. In meinem Bauch zog sich etwas zusammen. Ich fotografierte die Rampe und schlenderte zurück zum Auto. Papa telefonierte an der Ecke, wo letztes Mal die Pflaumenfrau gestanden hatte. Ich schickte Aurel das Foto des Bahnhofs mit der Rampe und dem Güterschuppen.

29
Schmollen

Papa hievte fünf Tüten ins Auto. Er wollte wahrscheinlich für die Walze den ganzen Kofferraum mit Lebensmitteln füllen. Kein Wunder, ihm gefiel ja ihr dicker Hintern, und er musste dafür sorgen, dass der dick blieb. Papa lachte mir zu und sagte, als wir wieder aus dem Dorf fuhren: „Alles klar! Ich habe Renate den Fahrplan durchgegeben. Und dass sie die Wanderschuhe mitnehmen soll. Vom ganzen Rest hat sie keine Ahnung. Das wird eine Riesenüberraschung!“
„Allerdings riesig, wenn die Walze kommt“, schmollte ich.
Papa hielt mitten auf der Straße an und drehte sich mir zu.

„Sag mal, du bist doch nicht etwa eifersüchtig?“, fragte er. Er brauchte bloß nicht zu glauben, dass ich ihm auf diese Frage eine Antwort geben würde, aber er wartete auch nicht darauf, sondern sagte: „Zum ersten Mal seit Langem habe ich wieder Lust aufs Leben. Lust, etwas Neues zu unternehmen! Und das hat auch mit Renate zu tun.“
Die blöde Renate! Und ich? Seit Mama weg war, war ich ihm jeden Tag gegenübergesessen und hatte sein graues Gesicht ausgehalten. Ich war auch traurig gewesen die ganze Zeit! Nur schien er das nicht bemerkt zu haben, weil er immer nur mit sich selbst beschäftigt gewesen war. Egoist! Klar war es schöner jetzt, wenn er wieder unbeschwert sprach und lachte und etwas unternehmen wollte. Aber das hatte offenbar nur mit der Walze zu tun, nicht mit mir. Ich starrte auf den schmutzigen Boden des XY und verschränkte die Arme. Jetzt war ich mal an der Reihe, nichts zu sagen. Papa schaute wieder nach vorne und startete den Motor. Aus den Augenwinkeln sah ich, wie seine Kaumuskeln sich unter dem Bart bewegten. Sein T-Shirt war auch nicht mehr so sauber und roch nach Schweiß. Jetzt hatte ich nur noch eine Hoffnung: dass die Walze total abgestoßen wäre von seiner Erscheinung. Sie erwartete, dass Papa ungefähr so aussah wie vor den Ferien und nicht wie ein verwildertes Biest.
Jetzt hätte ich gerne mit Oma und Opa Perk gesprochen. Sie wären wohl auch dagegen, dass Papa sich hinter Mamas Rücken mit einer Frau traf. Schließlich waren sie ihre Eltern. Warum nur hatte ich sie vorhin im Dorf nicht angerufen! Dass Ria, Jacqueline und Aurel nicht geantwortet hatten, hob meine Stimmung auch nicht, im Gegenteil.

30
Einrichten für den Besuch

Als Papa im neuen Topf Nudeln gekocht hatte, kam ich kurz zum Essen. Ich musste ja, denn ich war hungrig. Sprechen wollte ich trotzdem nicht mit ihm, da konnte er lange warten. Nach dem Essen ging ich an den Bach, um Köcherfliegenlarven zu sammeln. Ich trug sie alle in einem Tümpel zwischen ein paar Steinen zusammen. Dort sprudelte das Wasser nicht so stark wie in der Mitte des Baches. Die Köcher sahen aus wie winzige Schmuckstücke aus vielen bunten Steinchen, und ich hätte sie gerne in eine Dose gelegt. Doch ich wollte die Tiere nicht töten, weil sie ohnehin ein sehr kurzes Leben hatten. Kurz, aber auch einfach! Ich beneidete sie. Sie mussten nichts weiter tun als im Bach zu liegen, irgendwann auszuschlüpfen und an Land zu krabbeln, während mein Leben immer nur Schwierigkeiten für mich bereithielt.
Was Köcherfliegen waren, wusste ich aus der Schule. Die Walze hatte mit uns einmal den Bach hinter dem Schulhaus untersucht, dort, wo er an die Oberfläche kam und durch den angrenzenden Park floss. Im Park hatte der Bach ein natürliches Ufer. Deshalb konnte man darin Tiere beobachten. Die blöde Walze! Das mit den Köcherfliegenlarven wäre ja in Ordnung gewesen, aber ... Durfte sie das überhaupt? Sich an den Vater einer Schülerin heranmachen? Ich nahm mir vor, Ria zu fragen. Sie kannte sich aus mit solchen Dingen.

Ich schlenderte umher und nahm einen Stock mit, in dessen Rinde ich ein Muster schnitzte. Dabei dachte ich an Aurel, der vielleicht jetzt die Nachricht und das Bild gesehen hatte, das ich ihm geschickt hatte, und an meine Freundinnen, die wahrscheinlich gerade nicht wussten, ob sie sich totlachen oder sorgen sollten. Und ich dachte an meine Bücher, die ich nicht hier hatte. Wenn die Walze morgen auftauchte, brachte sie vielleicht wirklich Bücher mit? Und sogar meine Klarinette? Gleich verwarf ich den Gedanken wieder. Ich wollte ja auf keinen Fall, dass sie kam, lieber langweilte ich mich vier Wochen lang.

Als ich wieder bei unserer Wildniswohnung war, die sich jetzt gar nicht mehr so wohnlich anfühlte, rief Papa mich zu sich.
„Hilfst du mir mal?“, fragte er. „Das wird unser Sofa.“
Der Haufen, der vor ihm lag, sah für mich eher wie eine weitere Feuerstelle aus.
„Wir müssen es ungefähr so hoch machen, dass wir bequem darauf sitzen können“, sagte Papa und zeigte auf seine Kniehöhe.
Ich stellte mir vor, dass Papa und ich auf dem Sofa sitzen würden, mit der Walze zwischen uns. Wir würden zusammen ins Feuer starren, und ich würde nur warten, bis dieser schreckliche Moment vorbei war.
Ich sagte nichts. Warum sollten wir jetzt plötzlich ein Sofa haben? Weil die Walze nicht auf einen Baumstrunk passte? Papa sollte merken, dass ich nicht alles mitmachte, was ihm gerade so einfiel. Ich kroch in meine Schlafhöhle und stellte mir vor, ich hätte ein Buch. Wie blöd, dass ich keines mitgenommen hatte! Falls die Walze wirklich Bücher mitbringen sollte, würde Papa am Ende denken, er hätte mir einen Gefallen getan. Ich beschloss, kein Buch anzufassen,

solange die Walze hier war. Nach einer Weile ging ich wieder nach draußen und sah Papa beim Sofabauen zu. Wenn das bequem sein sollte, was er da baute, irrte er sich. Ich sah gleich, dass das Gebilde zusammenfallen würde, sobald sich jemand daraufsetzte. Ich stellte mir vor, wie Papa zur Walze sagen würde: „Setz dich doch aufs Sofa, Renate."
Die Walze würde sich aufs Sofa plumpsen lassen, die Äste unter ihr würden zusammenkrachen, und sie würde Papa wütend anfahren: „Das ist nicht lustig, Peter! Jetzt hast du mich genug reingelegt – ich reise wieder ab!"
Diese Vorstellung gefiel mir, und ich fand es prima, dass ich ihm nicht half.

31
Der längste Vormittag

Am nächsten Morgen hatte Papa keinen Bart mehr. Ich wusste nicht, ob ich mich darüber freuen sollte oder nicht. Aber wahrscheinlich hatte er gar nicht wegen mir Rasierzeug gekauft, sondern wegen der Walze. Ich verzog mich auf einen entwurzelten Baum und stellte mir vor, Ria und Jacqueline würden mir dabei helfen, Papa den Rücken zuzuwenden. Ich fröstelte in meinem Anorak, und der Himmel war grau. Die Nacht war auch kalt gewesen. Ich hatte alle Kleider angezogen und mich sogar mit Tannenzweigen zugedeckt, um einigermaßen warm zu bleiben.
Papa rief mir zu: „Von Westen kommt Sonnenschein! Spätestens zu Mittag haben wir den schönsten Sommertag!"
Das hätte er wohl gerne gehabt. Ich konnte nur hoffen, dass

ihn die Walze bei diesem traurigen Himmel für einen Lügner hielt, der ihr den wunderbarsten Ort der Welt versprochen hatte und sie in diese trübe Wildnis gelockt hatte. Ein Grund mehr für sie, bald wieder zu verschwinden. Ich setzte mich auch nicht aufs Sofa, das heute irgendwie anders aussah als gestern, etwas dicker und höher, aber immer noch hatte ich die Hoffnung, dass es zusammenkrachte, sobald Papa und die Walze sich darauf niederließen.

Wenn Papas Plan aufging, war Aurel an diesem Morgen bei der Walze. Hoffentlich konnte er ihre Reise verhindern! Sie war bestimmt schon reisefertig und konnte es nicht erwarten, dass ihr „schwieriger Fall" sich verabschiedete.

Am Mittag öffnete ich die letzte Dose Schokoladenpulver und rührte eine große Portion mit Milch an. Die Milch, der Käse, das Joghurt und ein Becher saure Sahne lagen in einer von Steinen beschwerten Plastiktüte im kühlen Bach. Diese Tüte kannte ich, weil wir daraus schon gefrühstückt hatten. Jetzt bot mir Papa auch noch Cornflakes an, aber er brauchte nicht zu glauben, dass ich darauf hineinfiel. In den Bäumen in der Nähe hingen noch drei weitere Tüten mit Lebensmitteln, schön verteilt und auf bärensicherer Höhe. Ich kletterte von einer zur anderen und schaute, was Papa darin hortete: Karotten, Pulverkaffee, Öl, Nudeln, Reis, Paprika, Gurken, Kartoffeln, Tomaten, Zucchini, Brot, Dosen mit Pilzen und Gulasch, Salz, Mehl, Kartoffelchips, Schokoladekugeln und zwei Flaschen Wein. Keine Cola. Und nichts, was der Walze eine Keimvergiftung hätte bescheren können.

Die Karotten waren mit einem Gummiband zusammengebunden. Das brachte mich auf die Idee, eine neue Steinschleuder zu schnitzen. Ich spazierte ein wenig umher und fand eine Astgabel. Als die Schleuder fertig war, duckte ich mich etwas oberhalb unseres Platzes hinter zwei Felsbrocken und übte, bis jeder meiner Steine das Sofa traf.

Dann ging ich Heidelbeeren suchen. An den Blättern hingen immer noch ein paar Tropfen, aber bald leuchteten sie hellgrün, weil die Sonne schien. Mir wurde warm im Anorak. Ich zog ihn aus und setzte mich darauf. Der Himmel war schon beinahe blau.
„Lila, wir müssen los!", rief Papa.
Ich legte die Heidelbeeren auf einem Stück Moos zu einem Muster und aß sie eine nach der anderen auf.
„Lila!", rief Papa wieder.
Er stand unten neben dem Sofa, in einem Hemd, das er am Morgen noch nicht getragen hatte, und sah mich nicht.
„Lila, wo bist du?" Er klang verzweifelt.
„Ich komme nicht mit", rief ich hinter einem Baumstamm hervor.
„Du kannst nicht allein hier bleiben! Und Renate wird sich freuen, dich zu sehen." Er schaute auf die Uhr.
„Ich bleibe hier und genieße die letzten Stunden ohne die Walze", rief ich. „Ich werde schon nicht sterben!"
Papa raufte sich die Haare und schien angestrengt zu überlegen. „Also gut", sagte er schließlich. „In zwei Stunden sind wir zurück. Spätestens in drei. Geh nicht weg von hier, ja?"
Ich gab keine Antwort.
„Lila!", rief Papa mit dünner Stimme. „Du schaffst das, ja?"

Er schaute in meine Richtung, ohne mich zu sehen. Plötzlich tat er mir leid.
„Okay", rief ich und stand auf, damit er mich sehen konnte. Erleichtert winkte er mir zu.
„Gut", sagte er, schaute nochmals auf die Uhr und trabte davon.

32
Frau Stieger in der Wildnis

Als ich Papa und die Walze von Weitem sah, erschrak ich. Obwohl ich ja wusste, dass die Walze wirklich hierherkommen würde. Sie gingen nebeneinander und blieben manchmal stehen, wenn Papa auf den Wald zeigte, auf den Himmel oder den Bach. Es sah beinahe normal aus, nur dass es eben Papa und die Walze waren: Das war unglaublich daneben. Mir wurde flau im Magen. Angestrengt dachte ich an Mama und was sie jetzt hätte sagen können, aber mir fiel nichts ein. Eins war klar: Wenn es Mama gewesen wäre, die mit Papa zu unserer Waldwohnung wanderte, wäre ich aus meinem Versteck gerannt, und sie hätte die Arme ausgebreitet und mich aufgefangen.

Papa trug den Rucksack der Walze. Die Walze legte die Hand über die Augen und spähte in alle Richtungen. Das konnte sie lange machen. Sie sollte nicht glauben, dass sie mich hier entdecken konnte. Jetzt waren Schulferien, und meine Ex-Lehrerin hatte kein Recht, nach mir Ausschau zu halten.

Papa sprach auf die Walze ein. Bald waren sie so nahe, dass ich sie hören konnte.
„... ohne Zelt?“, fragte die Walze gerade, und Papa sagte: „Wir sind jetzt Höhlenbewohner.“
„Und hier kocht ihr?“
„Klar“, sagte Papa, „aber das meiste Essen kaufen wir.“
Ich schwor mir, keine Beeren mehr zu sammeln. Offenbar schmeckte jetzt plötzlich auch Papa das Essen aus dem *Supermarket* besser. Und Schnecken würde er der Walze sicher nie auftischen!

Papa machte sich auch gleich an die Arbeit. Er holte eine Tüte vom Baum, in der offenbar schon alles bereitlag für das Essen, das er kochen wollte. Zuerst fachte er das Feuer wieder an, dann schnitt er Zwiebeln direkt in den Topf hinein. Den stellte er in die Glut und goss ein wenig Öl dazu. Dann schnippelte er Kartoffeln, Zucchini, Karotten und Tomaten hinein. Bald roch es nach dem besten Essen seit Langem. Noch nie hatte es so gut gerochen, wenn Papa gekocht hatte. Das war der Geruch von Mama, und der lag schon lange zurück. Ich schloss die Augen und stellte mir vor, dass Mama dort unten am Feuer saß.
Als ich sie wieder öffnete, saß die Walze auf dem Sofa, und Papa reichte ihr einen Becher mit Rotwein.
„Lila“, rief Papa, „Essen ist fertig!“
Die Walze sah sich lächelnd um. Ihr Blick blieb an mir hängen, obwohl ich mich ganz ruhig verhielt hinter den zwei Felsbrocken. Sie neigte sich ein wenig vor, um noch deutlicher sehen zu können, dann rief sie: „Ich sehe dich!“
Als ob ich in der Schule wäre und ihr gehorchen müsste, stand ich auf und ging auf sie zu. Papa stand daneben und

grinste. Er breitete die Arme aus und rief: „Da ist ja meine Räubertochter!“

Das war total daneben, so etwas sagte er sonst nie. Die Walze streckte mir die Hand entgegen und sagte: „Lila, hallo. Ihr habt es ja schön hier!“

Ich murmelte: „Guten Tag, Frau Stieger.“

Papa lachte nervös. Die Walze schüttelte kräftig meine Hand und sagte: „Jetzt, wo ich schon mal hier bin, kannst du mich Renate nennen. Ich bin Renate.“

Ich sagte nichts. Hätte ich jetzt „hallo Renate“ sagen sollen? Das alles war höchst unangenehm. Zum Glück rührte Papa wieder im Topf, verteilte das duftende Essen auf drei Plastikteller, gab jedem einen Löffel saure Sahne obendrauf und legte eine Gabel dazu.

„Mmh, das sieht köstlich aus“, sagte die Walze, und Papa setzte sich mit seinem Teller neben sie. Das Sofa krachte nicht zusammen.

„Kommst du auch, Lila?“, fragte er und klopfte neben sich aufs Sofa. Aber das konnte er vergessen. Ich setzte mich bestimmt nicht in eine Reihe mit ihnen. Ich nahm meinen Teller und hockte mich auf einen Stein auf der anderen Seite des Feuers.

Die Walze lobte das Essen nach jedem zweiten Bissen, und Papa war geschmeichelt, das sah ich von Weitem. Natürlich gab er nicht zu, dass er Mamas Rezept geklaut hatte.

„Das Rezept ist von Mama“, sagte ich.

Die Walze hob ihre Gabel wie ein Zepter und sagte: „Deine Mama konnte sehr gut kochen.“

„Aber ein bisschen variiert habe ich schon“, sagte Papa, „außerdem schmecken hier die Tomaten einfach besser als zu Hause.“

Vielleicht hätte ich mich doch neben Papa setzen sollen. Dann wären wir schwer genug gewesen, dass das Sofa zusammengekracht wäre, und außerdem hätte ich Papa und die Walze nicht immer anschauen müssen. Die Walze schaute auch immer mich an. Als wir fertig waren mit dem Essen, musste ich dringend mal weg aus ihrem Blickfeld. Ich ging mit dem Geschirr zum Bach.

Der Bach gurgelte. Es war, als ob er mit mir sprechen und mich trösten würde, dass ich so allein mit zwei verrückten Erwachsenen in der Wildnis festsaß. Ich tat mir sehr leid, und als die Teller sauber waren, blieb ich am Ufer des Silberbachs, schaute die weißen Kiesel am Grund an und ließ ein paar Tränen ins Wasser tropfen. Ich wünschte mir, jemand hätte den Arm um mich gelegt, Aurel zum Beispiel. Lange saß ich dort und schaute, wie sich mit dem Sinken der Sonne das Licht im Tal und an den Bergflanken veränderte. Bald hatte mich der Schatten der Berge eingeholt, und es wurde kühl. Ich begann zu frösteln. Als ich es nicht mehr aushielt, machte ich mich auf den Rückweg.

Ich sah die Rückseite des Sofas. Und ich sah die Rücken von Papa und der Walze, und man hätte meinen können, dass es nur ein einziger, breiter Rücken war, so nahe saßen sie beisammen. Und die Köpfe, die waren wirklich miteinander verschmolzen. Ich konnte kaum glauben, was ich sah. Ob Papa mich jetzt lieber gar nicht hier hätte, damit er mit der Walze ungestört sein konnte?

„Da bist du ja!“, sagte die Walze, als ich zur Feuerstelle kam. Sofort rutschten sie ein wenig auseinander, und Papa

sagte: „Die Teller kannst du in die Tüte dort hinten legen."
Ich gab sie ihm in die Hand. Sollte er die Teller doch selbst wegräumen, wenn plötzlich alles anders war! Bevor die Walze da war, hatten wir direkt aus dem Topf gegessen, und jetzt tat er plötzlich so, als bräuchten wir alle möglichen Dinge.
Er stellte die Teller neben sich aufs Sofa und sagte: „Renate hat Schlafsäcke mitgebracht."
Die Walze kicherte. „Ich dachte, ihr braucht welche, wenn ihr mal einen zweitägigen Ausflug macht vom Berghotel aus. So habe ich dich wenigstens verstanden, Peter. Für alle Fälle habe ich meinen eigenen auch mitgebracht. Dass ihr euch *so* abseits von allem eingerichtet habt, damit hatte ich nicht gerechnet."
Jetzt lachte auch Papa.
„Ich wollte dich überraschen", sagte er.
„Das ist wirklich eine Überraschung", sagte die Walze. Dann stand sie auf und gab mir ein Bündel in die Hand. „Schau, das ist deiner."
„Danke", sagte ich. Ich rollte den Schlafsack auf meinem Tannenzweigbett aus. Die Walze steckte den Kopf in die Höhle und reichte mir eine Stofftasche: „Für dich habe ich auch noch ein Buch mitgebracht und deine Klarinette. Damit dir nicht langweilig wird."
„Mir ist nicht langweilig", gab ich zurück. Die Tasche nahm ich aber trotzdem zu mir in die Schlafkoje. Auch einen Schlafsack zu haben war toll, Walze hin oder her. Die vergangenen zwei Nächte waren wirklich kalt gewesen, und ich hatte nicht gut geschlafen. Ich hatte auch keine Lust, mich jetzt mit Papa und der Walze ans Feuer zu setzen. Deshalb kroch ich in den Schlafsack und hörte, wie Papa

von der Überschwemmung erzählte und wie wir unsere Ausrüstung verloren hatten. Es war warm im Schlafsack, und bald schlief ich ein.

33
Durch die Nacht

Später erwachte ich, weil ich Musik hörte. Es war wieder die französische Sängerin mit viel Gitarre und Schlagzeug. Französisch! Hatte Papa zuerst nach Frankreich reisen wollen, weil es ihn an die Walzenmusik erinnerte? Dass es ihm nicht darum ging, dass ich Französisch übte, hatte ich schnell verstanden. Aber dass alles, wirklich alles, mit der Walze zu tun hatte, das war gemein. Wie konnte Papa mir das antun? Glaubte er, ich sei blöd?

Draußen war es dunkel, nur das Feuer loderte. Auf dem Sofa leuchtete Papas Handy auf, von dort kam auch die Musik. Hinter dem Feuer sah ich einen großen Schatten, der sich langsam bewegte. Es war kein Bär, sondern Papa und die Walze, die sich eng umschlungen zur Musik bewegten. In mir zog sich alles zusammen. In diesem Moment wäre mir ein tanzendes Ungeheuer lieber gewesen als das, was ich sah. Kurz dachte ich an Jacqueline und dass ich ihr mitteilen musste, dass Papas Arme problemlos um die Walze herum passten. Doch am liebsten wäre ich weinend im Waldboden versunken. War es nicht ungerecht, dass Papa nach einem ganzen Jahr endlich wieder einmal vergnügt war und normal mit mir sprach und nun mit der Walze alles wieder zerstörte? Ich blieb eine Weile in meinem Schlaf-

sack sitzen. Und dann hatte ich eine Idee. Sie war total verrückt, verrückter als alles, was Papa sich je ausgedacht hatte. Und es würde nicht einfach werden. Einfacher wäre es, jetzt in der Wärme sitzen zu bleiben und alles zu ertragen, aber ich musste ihnen einfach zeigen, dass sie total daneben waren, eine totale Katastrophe. Mama zuliebe, aber auch, damit ich mich im Nachhinein nicht vor Jacqueline, Ria und Aurel schämen musste, weil ich nichts unternommen hatte. Und hatte mir Papa nicht für Notfälle das Autofahren beigebracht?
Leise zog ich meinen Anorak und die Schuhe an und griff nach der Tasche mit der Klarinette und dem Buch. Die Klarinette nahm ich aus dem Etui und setzte sie zusammen. Sie dabeizuhaben, war auf jeden Fall gut, und sei es nur als Waffe gegen einen Angreifer. Die Metallklappen konnten bestimmt ganz schön schmerzen, wenn man einen Schlag bekam, mehr als ein morsches Stück Holz. Aber das Buch ließ ich auf dem Schlafsack zurück. Dann kroch ich zu Papas Schlafplatz hinüber und nahm den Autoschlüssel aus dem Beutel, in dem er nachts auch das Taschenmesser und das Handy aufbewahrte, wenn er es nicht gerade als Musikstation brauchte, um mit der Walze zu tanzen. Das Taschenmesser ließ ich da. Jetzt war ich bereit und schlich los, aus der Höhle hinaus und hinter dem Sofa vorbei. Papa und die Walze hörten mich nicht, dafür war die Musik zu laut. Als ich von der nächsten dunklen Baumgruppe zurückschaute, sah ich die beiden immer noch tanzen. Von Weitem sahen sie aus wie zwei Verliebte, und ich fürchtete, dass es auch so war. Sie hatten mich nicht bemerkt. Ob die aus der Achten auf der Rampe manchmal auch Musik hörten und dazu tanzten?

Der Wald war schwarz. Ich wurde das Gefühl nicht los, dass er mich beobachtete. Meinte er es gut oder böse mit mir? Ich dachte an Mama. Sie fand es bestimmt in Ordnung, dass ich Papa zeigte, dass er zu weit ging. Sie hätte mich nicht einfach vergessen, nur weil sie verliebt gewesen wäre. Sie hätte sich überhaupt nicht verliebt, weil Papa ja dagewesen wäre, und ich hätte die beiden einfach umarmt, wenn sie zusammen getanzt hätten. Ich wäre nicht so überflüssig gewesen wie jetzt.

Ich lief schnell. Diese Umgebung kannte ich noch, es war der Weg zu meiner Toilette. Der Wald war so still, dass ich meinen eigenen Atem lauter als alles andere hörte. Als ich aus den Bäumen hinaustrat, war ich erstaunt, wie schnell die Wolkenfetzen über den Himmel jagten und wie hell der Mond das Tal beleuchtete. Das war gut. So fand ich mühelos den Weg zum Bach und konnte ihm eine Weile folgen.

Ich fand sogar die Stelle mit den großen Steinen im Wasser. Papa hatte tatsächlich noch welche dazugelegt, und ich konnte den Bach überqueren, ohne nasse Schuhe zu bekommen. Ich tastete nach dem Autoschlüssel in meiner Hosentasche. Ob Papa und die Walze schon bemerkt hatten, dass ich weg war? Wahrscheinlich nicht, solange die Musik lief.

Beinahe verpasste ich die Stelle, wo ich auf der anderen Talseite wieder in den Wald hineingehen musste. Wie eine schwarze Wand stand er vor mir, und nur ein leises Rauschen war zu hören. Ich hielt kurz inne. Sollte ich wieder zurückgehen? Ich schaute zurück über das Tal. Nichts bewegte sich. Unser Platz mit dem Feuer war nicht mehr zu sehen, der lag hinter der Biegung des Bachs am Hang. Voller Angst dachte ich an den Bären. Mein Atem wurde

schneller, und ich drehte mich einmal um mich herum, doch nirgends näherte sich ein Raubtier. Ich versuchte klar zu denken. Wenn ich einem Bären begegnete, musste ich mich auf den Boden legen und hoffen, dass er mich mit etwas Totem verwechselte. Schreien würde nichts nützen, ich war schon zu weit von unserem Lagerplatz entfernt. Mir fiel der furchtbare Schrei ein, den ich in der ersten Nacht im Wald gehört hatte, den Todesschrei des Rehs, dabei konnten Rehe doch gar nicht schreien. Schnell wischte ich den Gedanken weg. Ich konnte meinen Plan unmöglich verfolgen, wenn ich vor Angst wieder umkehren musste. Das alles war sicher nicht so schwierig, ich brauchte nur in der Richtung der mittleren Bergspitze dem Pfad zu folgen. Ich merkte mir nochmals die Richtung, denn im Wald würde ich meist keinen Blick auf die Berge haben. Als ich in den Wald trat, hatte ich das Gefühl, eine Halle zu betreten.
Der Pfad war schwierig auszumachen in der Dunkelheit. Manchmal versperrten dornige Ranken oder sogar ganze Baumstämme den Weg, und ich musste prüfen, ob es dahinter weiterging. Auf keinen Fall durfte ich die Richtung verlieren. Mir fiel ein, dass ich in Papas Überlebensbuch gelesen hatte, warum Leute, die sich verirrt hatten, immer im Kreis liefen. Das lag daran, dass ein Bein immer etwas stärker war als das andere. Jeder Schritt dieses Beins war ein bisschen länger als der des anderen – und so konnte es passieren, dass man das Gefühl hatte, immer geradeaus gegangen zu sein, in Wahrheit aber einen riesigen Kreis gemacht hatte. Der Trick war, dass man immer wieder anhalten musste und sich drei Bäume in der Richtung, in die man gehen wollte, merkte. Dort angekommen, musste man das wiederholen.

Sich drei Bäume zu merken in der Dunkelheit, war nicht einfach. Zum Glück war die Gegend etwas abschüssig, so wusste ich immer, in welcher Richtung der Bach lag.
Plötzlich raschelte es neben mir. Ich hörte ein Fauchen und dann das Fliehen eines Tieres ins Unterholz. Das versetzte mir einen solchen Schreck, dass ich aufschrie und, ohne mir weiter die Richtung zu merken, hangaufwärts stolperte. Plötzlich bereute ich, dass ich nicht bei Papa geblieben war. Doch zurück konnte ich jetzt auch nicht mehr, das wäre genauso unheimlich gewesen wie weiterzuhasten. Ich strauchelte über eine Wurzel und rappelte mich wieder auf, rannte weiter, immer bergauf in die Richtung, wo sich der Wald etwas zu lichten schien. Zu meiner Erleichterung erreichte ich wenig später den Waldweg. Weil das XY an seinem Ende stand, brauchte ich ihm nur zu folgen, um bei unserem Parkplatz anzukommen.

34
Festgefahren

Noch nie war ich so froh gewesen, das XY zu sehen. Schnell setzte ich mich ans Steuer, verriegelte die Türen und verschnaufte. Dann startete ich den Motor. Ich erinnerte mich, wie es gewesen war, als ich zum ersten Mal allein gefahren war. Das war auf dem Waldweg am Stadtrand gewesen. Dieser Wald hier war feindseliger, aber ich war dafür schon sicherer mit dem Auto. Trotzdem fühlte ich mich so allein wie noch nie in meinem Leben. Ich legte die Klarinette auf den Beifahrersitz, fuhr los und dachte an ein Spiel, das ich

schon im Kindergarten gekannt hatte: „Der Platz neben mir ist leer, ich wünsche mir ... Aurel her!“
Dasselbe wiederholte ich mit Mama, Papa, Jacqueline und Ria, und sogar die Walze wäre mir als Gesellschaft recht gewesen, solange sie Papa in Ruhe ließ. Das Spiel beruhigte mich ein wenig, und auch die Tatsache, dass es wohl schwierig war, ein fahrendes Auto zu überfallen.

Ich war bereits seit über einer Stunde unterwegs durch den Wald und an Schluchten vorbei. Da sah ich, dass die Benzinanzeige rot leuchtete und fast auf Null war. Ich hatte keine Ahnung, wie weit ich noch fahren konnte. Bis jetzt hatte immer Papa getankt. Die Straße schlängelte sich den Abhang entlang. Mir war noch nie aufgefallen, dass wir so viele Kurven gemacht hatten, um zum Wendeplatz hinaufzufahren. Langsam glaubte ich, mich verfahren zu haben, aber ich konnte mich an keine Abzweigung erinnern. Die Kurven schienen sich zu wiederholen, und der Wald stand unheimlich und immer gleich daneben. Umdrehen konnte ich nicht mehr, das Benzin würde nicht mehr reichen, um den ganzen Berg wieder hinaufzufahren, vermutete ich. Würde mich jemand finden, wenn ich hier hielt und einfach im Auto sitzen blieb? Nach Silbermist war uns bisher noch nie ein Auto begegnet. Langsam verzweifelte ich, und weil mir nichts Besseres einfiel, fuhr ich einfach weiter und versuchte, nicht auf die Benzinuhr zu schauen. Plötzlich erkannte ich unseren letzten Parkplatz, dort, wo wir alles verloren hatten. Ich dachte an Ria und schrie: „Yes!“ Meine Stimme zu hören, fühlte sich gut an. Dann tat sich der Wald auf, und unter mir lag das Tal. Die Wolken waren weg, und der Mond schien. Unten wand sich hell der Fluss.

Ich wusste nun, dass ich auf dem richtigen Weg war. Kurz vor der Brücke, hinter der sich die Straße den Fluss entlang nach Silbermist hineinzog, stotterte der Motor, und dann war er still. Ich bremste und gab nochmals Gas, doch nichts passierte. Das Benzin!
Ich sah, dass ich nicht mehr weiterkam. Zum Glück war ich schon nahe am Dorf. Was sollte ich tun? Mittlerweile hatten Papa und die Walze wohl bemerkt, dass ich weg war. Ich schaute auf mein Handy. Der Akku war halb voll, und es war halb zwei Uhr. Ich beschloss, bis zum Morgen im Auto zu warten. Es war ja nicht das erste Mal, dass ich auf dem Sitz schlief, und hier in der offenen Landschaft fand ich es etwas weniger unheimlich als im dunklen Wald.

Als es hell wurde, schaute ich zuerst in alle Richtungen. Kein Mensch war zu sehen. Ich rechnete mir aus, dass mich Papa und die Walze unmöglich in so kurzer Zeit einholen konnten. Es mochte ja sein, dass die Walze zu Hause im Stadtwald joggte, um Papa aufzulauern, aber ich konnte mir nicht vorstellen, dass sie hier in der Wildnis über so viele Kilometer durchhielt. Was sollte ich als Nächstes tun? Ich war vor allem müde. Am liebsten wäre ich nochmals eingeschlafen, aber ich fröstelte. Im Handschuhfach fand ich Papas Geldbeutel. Klar, den brauchte er ja nur zum Einkaufen im *Supermarket*, in der Wildnis war es nicht nötig, ihn dabeizuhaben. Das war mein Glück. Ich sah, dass ziemlich viele Scheine und Münzen darin waren. Im Kofferraum lag außerdem noch eine Tüte mit Vorräten: zwei Flaschen haltbare Milch, ein Glas Marmelade, eingeschweißte Fladenbrote und eine Packung Honigwaffeln. Honigwaffeln! Papa hatte sie also doch gekauft. Ich setzte

mich nach hinten und aß sie alle auf. Dabei dachte ich an Papa. Wenn ich mir vorstellte, wie er mit der Walze am Feuer getanzt hatte, wurde ich richtig stolz, dass ich es gewagt hatte abzuhauen. Plötzlich fühlte ich mich so frei wie noch nie, und wenn das Auto noch Benzin gehabt hätte, wäre ich vielleicht einfach immer weitergefahren. So aber musste ich als Erstes ins Dorf gehen und dann weitersehen. Nach meinem Frühstück packte ich meine Klarinette, den Geldbeutel und mein Handy in die Stofftasche, schloss das XY ab und wanderte los. Der Weg war weiter, als ich ihn in Erinnerung hatte. Ich war mindestens eine halbe Stunde unterwegs, als ich Hundegebell hörte und nach einer Kurve die ersten Häuser erreichte. Unterwegs war ich niemandem begegnet.
Als ich nach Silbermist hinein ging, war ich mir nicht mehr sicher, wohin ich mich wenden sollte. Am besten war es wohl, zuerst zum *Supermarket* zu gehen.
Ich dachte an Papa, und dass er sich schreckliche Sorgen machen könnte, aber dann fiel mir ein, dass ich das ja wollte. Schließlich hatte er mich vertrieben, und wenn er das nicht von selbst merkte, musste ich es ihm zeigen.

35
Eine Wohnung

Beim *Supermarket* lud ein Mann mit blauer Arbeitsschürze Kartons mit Konservendosen von einem Stapel und verschwand damit im Inneren. Als er wieder herauskam, schaute er mich fragend an, aber ich starrte einfach durch ihn hindurch. Da wandte er sich ab und arbeitete weiter.
Die Luft war immer noch kalt, und ich trat von einem Fuß auf den anderen.
In meiner Jackentasche brummte das Handy.
Aurel schrieb: „Ist die Walze bei euch?? Ruf mich an, wenn du kannst!“
Ich las die Nachricht mehrere Male, und vor Freude wurde mir etwas wärmer. Auch Ria hatte sich gemeldet: „Weg mit der Walze!“ Nur von Jacqueline war nichts gekommen.

Als Erstes rief ich Jacqueline an. Keine Antwort. Wahrscheinlich schlief sie noch. Was hätte ich ihr überhaupt sagen sollen? Dass ich ohne Benzin in einem Dorf gestrandet war und meinen Vater und die Walze in der Wildnis zurückgelassen hatte? Rias Telefon war sogar ausgeschaltet. Trotzdem schrieb ich ihr: „Darf sich die Walze überhaupt an den Vater einer Schülerin heranmachen?“
Ich ging einmal durch das Dorf bis zum Bahnhof und wieder zurück zum *Supermarket.* Und dann fasste ich mir ein Herz. Ich rief Aurel an. Es klingelte. So lange, bis drei kurze Töne kamen und erstarben.
Meine Freude war gleich wieder weg. Ich bereute, Aurels Nummer gewählt zu haben. Alle ließen mich im Stich.

Ich lehnte mich gegen den Zaun, der die Straße vom Hof des *Supermarket* abtrennte. Es war immer noch kühl, obwohl jetzt die Sonne bis ins Tal reichte.

Eine alte Frau mit Kopftuch ging an mir vorbei und murmelte etwas. Es klang, als ob sie mit einem Haustier spräche, etwas Beruhigendes, aber sie blieb nicht stehen, sondern ging weiter und verschwand im Inneren des Ladens. Weit weg knatterte ein Motor. Er kam näher, und bevor ich sie sah, wusste ich, dass es die Pflaumenfrau war. Darüber freute ich mich richtig. Als ob sie gewusst hätte, dass ich hier stehe, fuhr sie auf mich zu, hielt neben mir und lachte mich an. Dann drehte sie sich um und reichte mir eine Pflaume aus der Kiste auf dem Gepäckträger, so, wie sie es immer tat.
„Danke“, sagte ich. Sie lud die Kiste ab und trug sie hinein. Als sie zurückkam, stellte sie sich vor mir auf und fragte: „Deutsch?“ Ich nickte.
Sie sagte: „Oh!“, schüttelte den Kopf, deutete auf sich und sagte: „Nein Deutsch.“
Dann lachte sie auf und hielt ihren Daumen und Zeigefinger ganz nahe zusammen: „Englisch.“
Mehr als so viel Englisch konnte ich auch nicht. Und auf Französisch konnte ich mich im Notfall höchstens entschuldigen.
Da brummte mein Handy. Aurel! Mein Herz klopfte heftig, als ich mich meldete.
„Du hast mich angerufen“, sagte Aurel. „Bist du immer noch in der Pampa?“
„Ja“, sagte ich, und beinahe hätte ich geweint vor Erleichterung, ihn zu hören, aber ich konnte ja nicht immer vor ihm weinen.

Und dann erzählte ich ihm, dass die Walze gekommen war und sich auf unserem Lagerplatz breitgemacht hatte, dass ich abgehauen war, mich beinahe verirrt hatte und jetzt ohne Benzin in diesem abgelegenen Nest gestrandet war.
Aurel hörte mir zu und fragte zwischendurch ungläubig: „Echt wahr?“ und „echt jetzt?“, und als ich fertig war, verkündete er: „Warte mal. Ich ruf dich gleich zurück.“
Und weg war er.
Neben mir telefonierte die Pflaumenfrau. Ihre Stimme gurgelte und zwitscherte, mal leise, mal lauter, und manchmal lachte sie laut heraus. Ihre rechte Hand zeichnete Figuren in die Luft. Wahrscheinlich kannte sie die Person gut, mit der sie sprach.
Mir fiel wieder Papa ein. Ob er sich Sorgen machte? Ob er und die Walze mich suchten? Sollte ich ihnen entgegenfahren? Aber ich konnte ja nicht, ohne Benzin.
Die Pflaumenfrau war immer noch in ihr Gespräch vertieft, als Aurel mich wieder anrief.
„Also“, sagte er. „Warte auf mich. Wenn ich in zwei Stunden losfahre, kommt mein Zug morgen um zwei Uhr in deinem Kaff an.“
Ich glaubte zu träumen. Doch Aurel sprach einfach weiter, er schien sich seiner Sache sicher zu sein.
„Meine Eltern nerven auch“, sagte er. „Und es ist besser, wenn du da nicht alleine herumfährst. Außerdem hätte ich übermorgen wieder einen Termin bei der Walze. So wie's aussieht, kann sie den nicht einhalten. Außer, ich komme ihr entgegen.“
Aurel war verrückt! Doch ich musste zugeben, dass sein Plan sehr schlau war und für unsere Situation genau das

Richtige. Überhaupt waren meine Ferien mit Papa ebenfalls so daneben, dass selbst meine besten Freundinnen nicht mehr wussten, was sie sagen sollten. Bei Aurel hatte ich wenigstens das Gefühl, dass er verstand, worum es ging. Ich war nicht mehr allein! Ich hatte jetzt einen Ort, wo ich sein konnte, den *Supermarket* und die Rampe in Silbermist, und morgen Nachmittag würde Aurel mich hier besuchen. Mein Ort war größer als die Plätze, an denen Papa und ich gewohnt hatten: Mein Schlafzimmer war das XY am Straßenrand eine halbe Stunde von hier, meine Vorratskammer der *Supermarket* und das Wohnzimmer der Platz davor, denn hier traf ich die Pflaumenfrau und konnte telefonieren. Und die Rampe war einfach die Rampe, am anderen Ende des Dorfes, aber auch sie gehörte zu meiner Riesenwohnung.

Doch jetzt musste ich aufs Klo. Das Dorf lag nicht direkt am Waldrand. Vielleicht sollte ich mal einen Spaziergang zum XY machen? Ich beschloss, dass das Klo zwischen meinem Schlafzimmer und der Vorratskammer liegen sollte, und zum Bad im Fluss war es auch nicht weit. Ich hatte eine Wohnung, und Aurel würde morgen kommen! Die Dinge hatten sich so überstürzt, dass ich es immer noch kaum glauben konnte. Ich ertappte mich beim Gedanken, dass ich hoffte, Papa und die Walze würden noch lange nicht auftauchen. Bis sie den ganzen Weg geschafft hatten, brauchten sie bestimmt zwei Tage.

Vor lauter Freude und Aufregung hatte ich gar nicht bemerkt, dass die Pflaumenfrau inzwischen ihr Gespräch beendet hatte und mich anschaute. Sie hatte einen Blick wie die Walze, wenn sie etwas aus einem herauskriegen wollte,

nur etwas netter kam er mir vor, und sie fragte: „Daddy? Papa?“
Ich zuckte mit den Schultern, deutete auf die Berge, hob dann den Daumen und lächelte. Nach dem Gespräch mit Aurel fühlte ich mich wieder stark und gut.

36
Noch ein Haus oder zwei

Die Pflaumenfrau sah mich prüfend an. Sie lachte nicht mehr, sondern sagte etwas, das wie „komm!“, klang. Ich folgte ihr, obwohl ich immer dringender aufs Klo musste. Wir gingen ein Stück durch das Dorf und bogen an einer Abzweigung auf eine Kiesstraße ein, an ein paar letzten Dorfhäusern vorbei und über ein Feld. Mir war nicht ganz wohl dabei. Schließlich hatten meine Eltern mir immer gesagt, ich dürfe nicht mit fremden Menschen mitgehen. Doch jetzt war sowieso alles anders, und die Pflaumenfrau schien es gut zu meinen. Wir gelangten zu einem kleinen Haus, das zwischen ein paar Obstbäumen stand. Es hatte nur eine Tür und ein Fenster, und hinten war ein Bretterverschlag angebaut, aus dem Ziegen guckten.
„Komm“, sagte die Pflaumenfrau nochmals und winkte mich ins Haus. Sie musste sich ein wenig bücken, so niedrig war die Tür. Ich erschrak, weil ein Huhn mit aufgeregtem Gackern an uns vorbei ins Freie rannte. Im Inneren gab es nur einen Raum, durch den sich ein geblümter Vorhang zog. Ich sah einen Feuerherd, eine Kartonschachtel mit piepsenden Küken, einen Holztisch und zwei Stühle.

Auf einem dritten saß eine alte Frau in schwarzen Kleidern und mit einem verhutzelten Gesicht. Ihre Stimme klang aber wie die eines Mädchens. Sie schien sich zu freuen, die Pflaumenfrau zu sehen, und als sie lächelte, sah ich nur einen Zahn in ihrem Mund. Die Pflaumenfrau sagte „okay" zu mir, sah mich nochmals eindringlich an und strich mir eine Strähne aus dem Gesicht. Dann winkte sie und verließ das Haus. Die Alte schnitt Tomaten. Ich wusste nicht, was ich tun sollte. Sie sprach in einem hellen Singsang mit mir und deutete auf den Stuhl. Ich setzte mich kurz, aber dann merkte ich, dass ich wirklich dringend die Toilette finden musste. Ich stand auf und guckte hinter den Vorhang. Dort standen jedoch nur ein weißer, verschnörkelter Schminktisch, ein Stuhl, ein dunkler Schrank und ein Bett mit vielen bunten Decken. Auf dem Boden lag ein Teppich, anders als in der Küche, wo es nur den bloßen Zementboden gab. Ein Bad war weit und breit nicht zu sehen, keine Kloschüssel, kein Wasserhahn. Ich ging durch die Küche nach draußen und am Ziegenstall vorbei. Hinter einem Baum ging ich in die Hocke und pinkelte, und noch während ich das tat, kam die alte Frau auf mich zu und deutete auf eine Holztür zwischen Haus und Stall. Ich schämte mich, aber die Alte schien mir nicht böse zu sein. Als ich mich aufrichtete und an der Tür vorbeikam, auf die sie gezeigt hatte, verstand ich auch ohne Worte, dass hier drin das Klo sein musste. Es stank.

Ich dachte an Papa und an Desinfektionsmittel. Und ich stellte mir vor, was Mama sagen würde, wenn sie mich hier sähe. Ich war an einem Ort, an dem sie sich mich nie vorgestellt hätte, und ich fühlte mich sehr weit weg von allem. Würde Papa mich hier finden? Sollte ich ihm ein Stück ent-

gegengehen? Aber ich wartete ja auf Aurel, und den Weg zum Bahnhof kannte ich von hier aus.
Jedenfalls schien mich die alte Frau nicht gefangen zu halten. Ich konnte jederzeit gehen, wenn ich wollte.

Die Frau trat wieder aus der Tür, nahm meine Hand und legte eine kleine Tomate hinein. Dann lächelte sie aufmunternd und ließ mich nicht aus den Augen, als ich aß. Die Tomate war süß und saftig. Die Alte nickte und lächelte, und dann zeigte sie auf sich und sagte: „Baba."
Ich zeigte auf mich und sagte: „Lila."
Sie zeigte auf mich und sagte: „Lila", und dann zeigte ich auf sie und sagte: „Baba." Ich glaube, ich lächelte auch. Ich fand sie freundlich, aber es war auch ein bisschen lustig, dass die alte Frau fast Papa hieß.
Baba verschwand im Haus und kam gleich darauf wieder heraus mit einem Glas Wasser und einer Semmel. Ich aß und trank, und dann machte sich Baba auf den Weg Richtung Dorf. Ich nahm die Stofftasche mit meinen Sachen und folgte ihr.

In der Mitte zwischen dem *Supermarket* und dem Bahnhof stand etwas zurückversetzt von der Straße eine kleine Kirche. Die war mir bis dahin nicht aufgefallen. Baba steuerte darauf zu und drehte sich nicht einmal um. Als sie aber die Kirche betrat und ich ihr folgte, schien sie nicht erstaunt zu sein. Sie nickte nur und sagte: „Lila."
Von außen war die Kirche weiß, aber drinnen waren alle Wände über und über bemalt. Ich sah Vögel und Bäume und Schlangen und Ziegen, vor allem aber Menschen mit Flügeln und ohne Flügel.

„Lila“, sagte Baba wieder und nahm mich beim Arm. Sie zeigte auf ein Wandgemälde mit Maria und Josef und dem Jesuskind. Dann zeigte sie auf die Krippe und sagte: „Lila.“
Ich lachte. Ich war schließlich kein Baby mehr, und heilig auch nicht. Dann zeigte sie auf Maria und sah mich fragend an. Ich erschrak. Was sollte ich jetzt sagen? Dass Mama schon lange weg war? Ich sah weg und schüttelte den Kopf. Baba zog mich wieder am Arm. Diesmal zeigte sie auf Josef.
„Papa“, sagte ich.
„Papa?“, fragte sie. „Baba?“
Ich wiederholte: „Papa“, und deutete mit den Händen Berge an. Ich tat, als hätte ich einen Rucksack auf und wanderte zwischen den Kirchenstühlen herum. Dann sagte ich auch noch „Walze, Frau Stieger“, und machte mich dick wie ein Nilpferd, das etwas langsamer und mühsamer lief. Das sah wohl lustig aus, Baba lachte plötzlich auf. Nun wurde mir auch so richtig klar, dass Papa ja noch viel länger für den Weg ins Dorf hatte, wenn die Walze dabei war. Bestimmt traf Aurel vor ihm ein. Und dann waren wir auch zu zweit, Aurel und ich, genau wie Papa und die Walze.
„Walze?“, fragte Baba und zeigte wieder auf Maria.
Ich schüttelte heftig den Kopf, ich konnte gar nicht mehr aufhören, ihn zu schütteln, und nach Lachen war mir plötzlich auch nicht mehr zumute.
„Lila“, sagte Baba, tätschelte mir den Arm und machte sich auf den Weg nach draußen, wo die Sonne schien.

37
Keine Spur von Papa

Ich ging einfach hinter Baba her, etwas anderes fiel mir nicht ein. Der Mann mit der blauen Schürze saß an der Kasse des *Supermarkets* und stützte das Kinn auf die Hand. Als er Baba sah, hellte sich sein Gesicht auf, und die beiden begannen zu sprechen. Ich verstand kein Wort, aber zwischendurch schauten sie zu mir. Während Baba sprach, nickte der Mann und sagte dazu immer wieder: „Hm, hm, hm."

Dann machte sich Baba auf den Weg zwischen die Paletten mit Lebensmitteln, und ich folgte ihr. Sie nahm einen Kohl, einige Kartoffeln und einen Bund Karotten und legte sie mir auf die Arme. Dann hob sie eine Schachtel Cornflakes auf und schaute mich fragend an. Ich lächelte und nickte, und sie legte mir die Packung auch auf die Arme. An der Kasse zählte sie umständlich Münzen heraus. Der Mann mit der blauen Schürze half ihr, sie zu sortieren. Als Baba keine Münzen mehr hatte, brummte er: „Hm", aber dann winkte er ab und verstaute das Geld in der Kasse.

Wahrscheinlich war Baba sehr arm. Ich dachte an Papas Geldbörse in meiner Tasche und nahm mir vor, bei der nächsten Gelegenheit für Baba einzukaufen.

Ich spürte, wie mein Handy in der Jackentasche vibrierte. Ob sich Papa gemeldet hatte? Vielleicht gab es da oben in den Bergen ja einen Ort, der Netzempfang hatte. Als wir auf dem Vorplatz des *Supermarkets* standen, schaute ich nach, aber von Papa war keine Nachricht drauf. Dafür von Aurel und von Ria.

Ria schrieb, dass es leider nicht verboten sei, dass sich die

Walze an den Vater einer Schülerin heranmache, weil ich ja auch nicht mehr ihre Schülerin sei. Das erfüllte mich nicht gerade mit Freude. Dafür das, was Aurel schrieb: „Bin schon im Zug!"

Er meinte es also wirklich ernst! Die Nachricht war von dreizehn Uhr siebzehn. Er war schon seit mehr als einer Stunde unterwegs.

Baba stand neben mir und schaute zu den Bergen hinauf. Dann hörten wir das Knattern eines Mofas, und die Pflaumenfrau fuhr auf den Platz. Sie zog ihren Helm aus, schüttelte das blonde Haar, schaute mich an und sagte bedauernd: „No Papa."

Gestikulierend wandte sie sich dann an Baba, und ich glaubte zu verstehen, dass sie die Straße hinaufgefahren war und niemanden gesehen hatte. Baba murmelte sorgenvoll dazu, und plötzlich wandte sie sich an mich und fragte: „Walze?"

Ich fuhr zusammen. Baba streckte zwei Finger in die Höhe und fragte mich noch einmal: „Papa? Walze?" Dann erklärte sie der Pflaumenfrau etwas, wahrscheinlich, dass sie nicht nur nach einer, sondern nach zwei Personen suchen musste.

„Oh", sagte die Pflaumenfrau, „oh, oh."

Ich gab Papas Nummer ein. Doch es kam gleich die Ansage: „Der Teilnehmer ist zurzeit nicht erreichbar."

In meinem Bauch wurde es schwer.

Ich wollte mit jemandem sprechen, mit jemandem, der mich in den Arm nehmen und mir versichern konnte, dass alles gut war und ich alles richtig gemacht hatte. Ich wählte die Nummer von Oma und Opa Perk. Doch auch bei ihnen meldete sich niemand.

Baba nahm ihre Einkaufstasche und sah mich fragend an. Ich zuckte mit den Schultern und senkte den Blick. Wenn ich Baba zu ihrem Haus begleitet hätte, wäre ich wieder im Funkloch gewesen. Ich wollte hier bleiben, wo ich erreichbar war. Baba nickte, strich mir über die Wange und machte sich mit kleinen Schritten auf den Weg.
Die Pflaumenfrau setzte sich den Helm wieder auf, deutete mit dem Arm in Richtung Berge und sagte: „Papa, Walze."
„Okay", sagte ich. Jetzt hätte ich Baba und der Pflaumenfrau klarmachen müssen, dass die Walze eigentlich Frau Stieger hieß und sich Erwachsene untereinander unmöglich Walze nennen konnten, aber ich wusste nicht wie. Überhaupt fühlte ich mich plötzlich hilflos und unnütz, aber etwas anderes als einfach hier vor dem *Supermarket* zu warten, fiel mir nicht ein. Ich starrte die leeren Holzpaletten an. Eine Katze huschte über die Mauer des Innenhofes, und ich sah eine zerdrückte Pflaume im Staub. Die Sonne brannte auf den Platz, und ich lehnte mich unter dem Vordach an die schattige Wand. Nur einmal eilte eine junge Frau mit zwei Kindern an der Hand an mir vorbei, dann war es wieder still. Ich hatte Durst und kaufte mir beim Mann mit der blauen Schürze eine Flasche Wasser. Es war nicht schwierig, etwas zu kaufen, auch wenn ich die Sprache nicht verstand. Alles funktionierte wie zu Hause, und der Mann gab mir Rückgeld auf den Geldschein, den ich ihm gab. Draußen setzte ich mich wieder auf den Boden und schaute auf mein Handy. Doch es kam nichts, kein Lebenszeichen, von niemandem. Dafür sah ich, dass mein Akku nur noch zu einem Viertel voll war. Eigentlich hätte ich ihn aufladen sollen, aber dann hätte ich Benzin organisieren und eine Weile herumfahren müssen, und ich wäre wieder

nicht zu erreichen gewesen. Und eine Tankstelle hatte ich in Silbermist auch noch nirgends gesehen.
Langsam setzte mir das Warten zu.
Ich tastete nach meiner Stofftasche und bekam die Klarinette zu fassen. Ich hatte Lust zu spielen, traute mich aber nicht. Als ich jedoch nach einer Viertelstunde immer noch keinen weiteren Menschen entdeckt hatte, nahm ich die Klarinette in die Hand und blies ein paar Töne. Zuerst versuchte ich die Übung aus der letzten Klarinettenstunde zusammenzubekommen. Dann spielte ich einfach irgendetwas, was mir sonst noch einfiel. Mein Lied hörte nicht mehr auf, und irgendwann hörte ich das vertraute Motorengeräusch der Pflaumenfrau.

38
Bei Baba

So schnell war die Pflaumenfrau noch nie auf mich zugefahren. Sie machte eine Vollbremsung, riss sich den Helm vom Kopf und stammelte: „Automobil!"
Dann entfernte sie die leere Kiste von ihrem Gepäckträger und hieß mich aufsteigen. Wir brausten durch Silbermist. Mit der einen Hand hielt ich mich an ihr fest und mit der anderen an meiner Stofftasche.

Das XY stand genau so da, wie ich es abgestellt hatte. Die Pflaumenfrau nahm mich bei der Hand, und vorsichtig näherten wir uns.
„Papa?", fragte sie. „Walze?"

Ich schüttelte den Kopf und versuchte ihr zu erklären, dass ich das Auto gefahren hatte. Irgendwann schien sie zu verstehen, denn sie zeigte ungläubig auf mich und das Auto.
„Das Benzin ist leer", sagte ich und zeigte auf den Tankdeckel. Jetzt hellte sich ihr Gesicht auf. Doch gleich verfinsterte es sich wieder, und sie wiederholte: „Papa? Walze?"
Ich zuckte mit den Schultern und zeigte unbestimmt in die Berge und Wälder hinauf.
„Okay", sagte die Pflaumenfrau und strich mir über den Arm, „okay."
Wir stiegen wieder auf das Mofa und fuhren nach Silbermist zurück, bogen in die Kiesstraße über das Feld ein und hielten vor Babas Haus. Als wir in die Küche traten, schlug uns ein köstlicher Duft entgegen. Auf dem Herd, der unten ein offenes Feuer hatte, stand ein großer Topf, aus dem Baba nun drei Teller füllte: Es war eine würzige, dunkle Suppe, in der Stücke von Paprika, Kohl, Kartoffeln, Karotten und Huhn schwammen. Nebenan piepsten die Küken aus der Kartonschachtel heraus, und plötzlich fragte ich mich, ob wir jetzt gerade deren Mutter verspeisten. Schnell verdrängte ich den Gedanken wieder. Zu gut schmeckte das alles, und ich hatte wirklich großen Hunger. Ich sagte mir, dass das Huhn in unserem Essen wahrscheinlich schon alt gewesen war und sowieso bald gestorben wäre.
Baba schnitt ein paar Tomaten auf und legte mir immer wieder ein Stück auf den Tellerrand. Dazu sprach sie beruhigend in ihrem Singsang. Mir fiel ein, dass ich den richtigen Namen der Pflaumenfrau gar nicht kannte. Doch ich nannte sie gerne Pflaumenfrau.
Nach dem Essen kniete ich mich neben die Küken und strich mit dem Zeigefinger über ihren Flaum. Sie waren so süß,

dass ich am liebsten eines für mich gehabt hätte. Ich dachte an Aurel, der jetzt irgendwo in einem Zug oder auf einem Bahnhof saß und auf dem Weg hierher war. Ob ihn seine Eltern hatten gehen lassen, oder ob er abgehauen war? War ich schuld, dass Aurels Eltern sich sorgten? War ich schuld, dass Papa und die Walze in der Wildnis zurückgeblieben waren? War ich schuld, dass Ria und Jacqueline nicht mit mir nach Kroatien fahren durften? Es gab so viel zu denken, und alles bedrückte mich. Nie hätte ich mir träumen lassen, dass ich mich in meinen Ferien allein im Haus einer alten Frau wiederfand, in deren Küche mir die Küken auf die Handfläche pickten. Draußen vor der offenen Tür dunkelte es, und Baba ging auf den Hof hinaus, um die Hühner in den Stall zu scheuchen. Plötzlich war ich so müde, dass ich nicht mehr wusste, was ich als Nächstes tun sollte. Musste ich mich jetzt auf den Weg zum XY machen, damit ich dort schlafen konnte? Und wie sollte ich das Baba und der Pflaumenfrau verständlich machen?
Ich ging auf Babas Plumpsklo, denn jetzt wusste ich ja, wo es war. Zurück in der Küche, nahm ich meine Tasche und setzte mich wieder an den Tisch zu den zwei Frauen. Sie sprachen immer noch miteinander, und ich wartete auf die Gelegenheit, ihnen mitzuteilen, dass ich jetzt aufbrechen musste. Doch das war schwierig. Sie redeten ohne Unterbrechung, und da ich nichts verstand, war es wie Musik für mich. Beruhigende Musik. Ich wurde ganz schwer, und irgendwann konnte ich mich nicht mehr gegen den Schlaf wehren.

39
Mama und Maria

Als ich erwachte, glaubte ich, im Himmel zu sein, nach hundert Jahren Prinzessinnenschlaf im weichsten Federbett, das es je auf der Welt gegeben hatte. Kein Wunder, nach den kalten Nächten draußen im Wald.

Ich lag in Babas Bett hinter dem geblümten Vorhang, über mir die bunten Decken. Ich hörte Baba in der Küche hantieren. Eine Erinnerung holte mich ein, die Erinnerung an das Glück, wenn ich in meinem Zimmer lag und Mama in der Küche mit Geschirr klapperte. Dann wusste ich, dass sie gleich kam, um mich zu wecken.

Der Vorhang bewegte sich, und das verhutzelte Gesicht von Baba erschien. Sie fragte mich etwas, wartete aber meine Antwort nicht ab, sondern verschwand wieder. Ich stand auf und sah zu meiner Erleichterung, dass meine Tasche auf dem Schminktisch lag. Vorsichtig schaute ich nach, ob das Geld noch da war. Da lag Papas Geldbörse, und sie war immer noch voll. Ich schämte mich, dass ich überhaupt daran gedacht hatte, Baba könnte mein Geld geklaut haben.

Als ich in die Küche trat, nickte mir Baba lächelnd zu. Die Pflaumenfrau war nicht mehr da. Wahrscheinlich war sie schon wieder mit Pflaumen unterwegs. Baba reichte mir eine Schale Cornflakes mit Milch. Ich freute mich sehr darauf, denn ich war schon wieder hungrig. Als ich den ersten Bissen nahm, merkte ich, dass es Ziegenmilch war. Zwar hatte ich die in meinem ganzen Leben noch nie versucht, aber sie schmeckte so stark nach Ziege, dass ich mir sicher war. Ich kämpfte mich durch die ganze Schüssel, weil ich Baba nicht beleidigen wollte. Schließlich hatte sie extra wegen mir Cornflakes gekauft. Ich fragte mich auch, wo sie geschlafen hatte. Auf dem Boden, mit dem Teppich als Unterlage? Sitzend auf dem Küchenstuhl? Oder hatte sie vielleicht gar nicht geschlafen? Wieder hatte ich ein schlechtes Gewissen.

Nach dem Frühstück spülte Baba meine Schale in einem Plastiktrog, dann winkte sie mir auffordernd zu. Sie machte sich auf den Weg nach Silbermist hinein, und ich ging hinter ihr her wie tags zuvor. Wir betraten die Kirche, und ich schaute die Bilder an, während Baba mit einem Wedel aus Hühnerfedern die Plastikblumen beim Altar abstaubte. Sogar die Decke der Kirche war über und über bemalt, und ich sah Dinge, die ich gestern noch nicht entdeckt hatte. Es gab einen Pflaumenbaum, an den ein Mensch gefesselt war, und nackte Kinder an einem Brunnen. Am Himmel flogen Engel und bunte Vögel. Und dann entdeckte ich eine Gruppe von Menschen, die um eine Bahre herumstanden. Sie blickten bekümmert auf eine Frau hinunter, die bleich und fast durchsichtig vor ihnen lag. Sie war tot.
Ich bekam einen solchen Schreck, dass ich fast in die Hose gemacht hätte, und meine Beine begannen zu zittern. Dabei war es doch nur ein Bild!
Ich spürte, wie Baba neben mich trat, meinen Arm berührte und „Lila“, murmelte. Sie zeigte auf die tote Frau und fragte: „Mama?“
Und jetzt weinte ich und weinte und weinte, ich sah die tote Frau an, die vielleicht Maria war, und ich schluchzte so lange, bis ich einfach nicht mehr konnte, und Baba hielt die ganze Zeit meine Hand in ihren Händen.
Meine Mama war ja auch tot.

40
Der Suchtrupp

Baba nahm mich an der Hand und zog hinter dem Altar eine dünne Kerze und Streichhölzer hervor. Sie schmolz das untere Ende der Kerze an und klebte sie unter dem Bild mit der toten Frau auf den Steinboden. Dann zündete sie die Kerze an, murmelte etwas und schob mich auf den Stuhl, der am nächsten stand. Sie setzte sich neben mich, und wir betrachteten das Gemälde. Manchmal schüttelte sich mein ganzer Körper, als ob noch nicht alle Schluchzer draußen wären. Meine Augen brannten, und mein Kopf fühlte sich dumpf an. Plötzlich fiel mir Papa ein, und ich wurde unruhig. Als ob sie das gespürt hätte, stand Baba auf, blies die Kerze aus und bedeutete mir mitzukommen.

Ich trottete hinter ihr her zum *Supermarket* und fühlte mich, als ob ich in einer Kruste stecken würde, als ob alles um mich herum weit weg wäre. Einzig die Sonne und die frische Luft halfen mir, meine Gedanken zu ordnen.

Auf dem Platz vor dem *Supermarket* waren Leute versammelt, ich zählte sieben Männer und drei Frauen, aber keine Kinder. Mittendrin stand die Pflaumenfrau neben ihrem Mofa. Ich hatte gar nicht für möglich gehalten, dass so viele Leute in Silbermist zusammenkommen konnten. Als die Pflaumenfrau uns sah, winkte sie uns herbei. Sie stutzte kurz, als sie mich von Nahem sah. Wahrscheinlich sah ich total verquollen aus. Sie fragte Baba etwas, und Baba gab eine kurze Antwort. Darauf schauten mich die Leute aufmerksam an, und einige murmelten etwas vor sich hin und senkten den Blick.

Ich tastete nach meinem Handy. Von Papa war keine Nachricht gekommen. Das war eigentlich klar, er hatte ja keinen Netzempfang. Trotzdem vermisste ich ihn jetzt plötzlich, und ich hätte mir gewünscht zu wissen, dass es ihm gut ging.
Die Pflaumenfrau erklärte allen Versammelten etwas und deutete in die Berge. Dabei machte sie einen großen Kreis mit dem Arm. Plötzlich hörte ich das Wort „Walze“, und ich verstand, dass es um die Suche nach Papa ging. Die Leute nickten und verstreuten sich.
Wenig später fuhren ein Auto, zwei Mofas, ein großes Motorrad und ein alter Traktor aus Silbermist hinaus in Richtung Berge. Bevor die Pflaumenfrau losfuhr, fragte sie mich: „Komm?“
Ich schüttelte den Kopf. Ich wollte nicht weg aus Silbermist, sonst verpasste ich womöglich Aurel.
Mittlerweile hoffte ich, dass sie Papa und die Walze bald fanden. Was, wenn ihnen etwas passiert war, und ich hatte ihnen nicht einmal das Auto dagelassen? Ich erschrak: Was, wenn Papa etwas zugestoßen war, und ich hatte am Ende gar keine Eltern mehr? Ich hätte gleich wieder weinen können bei diesem Gedanken. Langsam hatte ich das Gefühl, alles falsch zu machen. Ich wollte mit jemandem reden, am liebsten mit Oma oder Opa Perk.

Baba nickte mir freundlich zu und machte sich auf den Weg nach Hause.
Ich schaute nach der Uhrzeit auf meinem Handy. Es war kurz nach elf. Wenn alles klappte, traf Aurel in drei Stunden hier ein. Dieser Gedanke belebte mich ein bisschen, und ich hoffte, dass ich dann nicht mehr so verweint aussah.

Ich war durstig vom vielen Weinen, außerdem konnte ich auch wieder etwas zu essen vertragen. Ich ging in den *Supermarket*, wo mir der Mann mit der blauen Schürze zunickte, und kaufte eine Flasche Wasser, zwei Semmeln und eine Packung Honigwaffeln. Dann fiel mir ein, dass ich für Baba noch etwas kaufen wollte. Was konnte sie wohl brauchen? Ich entschied mich für die gleichen Dinge, die sie gestern gekauft hatte: Kohl, Kartoffeln und Karotten. Auf einem Regal sah ich Pralinen. Ich stellte mir vor, dass Baba wohl schon lange keine Pralinen mehr geschenkt bekommen hatte, und nahm sie auch mit. Nachdem ich bezahlt hatte, blieb mir immer noch eine ganze Menge Geld. Der Mann mit der blauen Schürze packte meine Einkäufe in einen Plastikbeutel. Jetzt hatte ich zwei Taschen: meine eigene und die Tüte für Baba.
Kaum hatte ich mich draußen zwischen meine Taschen gesetzt, rief Opa Perk an. Als er sich meldete, blieb mir zuerst die Sprache weg. Ich war so glücklich, seine Stimme zu hören, dass ich gar nicht mehr wusste, was ich sagen sollte.
„Opa", krächzte ich.
„Lila, Mädchen, geht es dir gut? Wo bist du? Du hast gestern angerufen, aber wir waren den ganzen Tag am Strand, in der Bucht mit den weißen Steinen, die euch letztes Jahr so gefallen hat."
Ich schwieg.
„Lila?", fragte Opa. „Hörst du mich?"
„Ja", flüsterte ich.
„Geht es dir gut?"
„Ich weiß nicht", stammelte ich, „ich habe Papa in der Wildnis zurückgelassen."
„Du lieber Himmel", sagte Opa. Und dann stellte er mir eine

Frage nach der anderen, und ich antwortete, bis er alles Wichtige wusste.
„Und jetzt suchen sie ihn und Frau Stieger“, schloss ich verzweifelt. „Ich habe Angst, dass ihm etwas passiert ist.“
Opa murmelte wieder: „Du lieber Himmel.“ Dann rief er nach Oma: „Henriette, komm mal her, Lila ist am Apparat.“
Ich sagte: „Ich habe es doch nur wegen Mama gemacht!“
„Warum wegen Mama?“, fragte Opa leise.
„Papa kann doch nicht einfach ...“ Plötzlich kam mir alles sinnlos vor, und ich sagte nichts mehr.
„Hör zu, Lila“, sagte Opa jetzt wieder bestimmter. „Für uns alle war es schrecklich, dass deine Mutter gestorben ist. Stell dir vor, sie war unser Kind! Für Eltern ist es das Schlimmste, wenn man das eigene Kind verliert. Und für deine Mutter war es schlimm, von dir, ihrem Kind, weggehen zu müssen.“
Er hielt inne und sagte einen Moment nichts mehr. Ich hörte ihn schwer atmen. Dann sprach er mit zitternder Stimme weiter: „Dein Vater hat gemacht, was er konnte, und Oma und ich haben versucht, ihn zu unterstützen. Wenn er jetzt ... Ich meine, Lila: Ist denn Frau Stieger nett zu dir?“
Ich zuckte mit den Schultern, aber das konnte er ja nicht sehen. Er fuhr fort: „Ich verstehe, wenn dir seltsam vorkommt, was ich dir jetzt sage: Ich glaube, deine Mutter würde sich freuen, wenn sie wüsste, dass es ihm gut geht.“
Ich war so verdutzt, das von Opa Perk zu hören, dass ich nichts dazu zu sagen wusste. Sollte ich jetzt auf ihn auch noch wütend sein? Mir wäre lieber gewesen, wenn er mich für meine Heldentat gelobt hätte.
Am Ende des Vorplatzes sah ich ein Huhn, das unter dem Drahtzaun durchschlüpfte, zurück in seinen Hof.

„Warte einen Moment“, sagte Opa, und dann hörte ich, wie er mit Oma Perk sprach, die jetzt direkt neben ihm stehen musste. Ich verstand „etwas machen“ und „seit fast drei Tagen“, und dann hörte ich plötzlich nichts mehr. Mein Bildschirm war schwarz, der Akku leer.

41
Aurel kommt an

Nun war ich wirklich von der Welt abgeschnitten. Ich stand auf, klopfte mir den Staub von der Hose, nahm meine Taschen und trottete auf die Dorfstraße hinaus. Ich schaute hinauf zu den Bergen und fragte mich, was Papa jetzt gerade machte. Wie hatte er wohl die Nacht verbracht? Ob er schon in der Nähe des Dorfes war? Oder konnte es sein, dass ihm noch gar nicht aufgefallen war, dass ich verschwunden war, weil er so mit der Walze beschäftigt war? Vielleicht küssten sie sich ja gerade neben der Feuerstelle, und die Walze fragte: „Wo steckt eigentlich Lila so lange? Sie wollte doch nur kurz die Teller waschen?“

Beinahe hoffte ich, dass es genau so war, damit ich einen Grund hatte, richtig wütend auf Papa zu sein. Dann hätte ich nicht so ein schrecklich schlechtes Gewissen zu haben brauchen.

Ich ging durch das Dorf und über das Feld zu Babas Haus. Als ich ihr die Tüte mit den Lebensmitteln gab, lachte sie schelmisch und zeigte auf ihren Kochtopf. Da ich nicht sicher war, ob sie die Pralinen entdeckt hatte, zog ich die Schachtel heraus und überreichte sie ihr.

„Oh“, sagte sie, „Lila!“
Sie strich über die Verpackung und lachte so sehr, dass ich hinter ihrem einzelnen Zahn auch noch ein paar Backenzähne sehen konnte. Sie öffnete die Schachtel und nahm zwei Pralinen heraus. Eine gab sie mir, und eine steckte sie sich in den Mund. Dann tätschelte sie mir die Wange.
Ich nahm meine Tasche mit dem Geld, dem toten Handy, meinem Proviant und der Klarinette und winkte ihr. Jetzt hatte ich auch keine Uhr mehr, und ich wollte auf keinen Fall zu spät beim Bahnhof sein.

Am Bahnhof setzte ich mich auf die Rampe. Das war ein wenig wie zu Hause, denn Rampen vor Güterschuppen glichen sich wohl überall auf der Welt. Ich beugte mich vornüber und guckte unter die Rampe. Hier wäre ich nicht untergekrochen. Der Boden war abschüssig und schmutzig, und ich sah ein großes Spinnennetz. Lieber zog ich die Beine hoch in den Schneidersitz und schaute auf die Häuser von Silbermist und die Berge dahinter. Langsam verblasste der ganze Morgen in meiner Erinnerung, die tote Frau in der Kirche, der Suchtrupp der Pflaumenfrau und der Anruf von Opa Perk. Ich dachte an Aurel, der schon ganz in der Nähe sein musste, und ich bekam Lampenfieber. Ich aß die Semmeln und ein paar Honigwaffeln. Meine Haare hingen mir ins Gesicht, wenn ich mich vornüberbeugte. Ich hatte sie schon tagelang nicht mehr gekämmt, meine Bürste war in der Unwetternacht weggespült worden. Ob ich schrecklich verwildert aussah? Was, wenn Aurel bereute, hierhergekommen zu sein, wenn er mich sah? Aber er kam ja auch wegen der Walze. Damit sie ihren Termin mit ihm einhalten konnte. Das bedeutete, dass wir uns auf die Suche nach ihr machen mussten, sobald er eintraf. Und wo die Walze war, würde auch Papa sein, hoffentlich.

Ich hörte ein Geräusch, ein Rauschen, einen Rhythmus, der näherkam. Die Eisenbahn! Mein Herz klopfte, und ich schwitzte. Ich stand auf, ging zum Bahnsteig und schaute dem Zug entgegen, der langsam auf die Endstation Silbermist zu kroch.

Aurel stieg wirklich aus dem Zug! Sonst war kein Passagier an Bord. Er hatte eine Sporttasche bei sich und zog sich die Kopfhörer aus den Ohren, als er mich sah. Wir gingen aufeinander zu und grinsten beide. Ich freute mich so, ihn zu sehen, dass ich ihn am liebsten umarmt hätte, um zu spüren, dass er wirklich da war und ich ihn mir nicht nur einbildete. Und dann umarmte er mich und sagte: „Hey, Lila." Dazu klopfte er mir auf den Rücken. Wir ließen uns wieder los und verließen den Bahnhof. Auf dem Vorplatz drehte sich Aurel um, schaute zum Güterschuppen und sagte: „Von hier hast du mir ein Bild geschickt." Ich nickte und wusste nicht, was ich dazu sagen sollte. Er sagte auch nichts Weiteres, schaute aber aufmerksam die Häuser von Silbermist an. Plötzlich sprachen wir gleichzeitig: „Willst du eine Honigwaffel?", und: „Wohin gehen wir eigentlich?", und wir lachten. Ja, er wollte eine Honigwaffel, und ich fand es am klügsten, zuerst mal zum Auto zu gehen, und es, wenn möglich, aufzutanken. Vielleicht gab es ja auch schon Neuigkeiten von der Pflaumenfrau. Als ich Aurel meine Pläne mitteilte, fand ich es plötzlich so schön, wieder einmal mit jemandem zu sprechen, der meine Sprache verstand, dass ich einfach weiterredete und ihm alles berichtete, was ich vor ein paar Stunden schon Opa Perk erzählt hatte.

„Sie sind also immer noch verschollen“, sagte Aurel.

„Ja“, antwortete ich, und mir war alles andere als wohl dabei, obwohl wir doch hätten zufrieden sein müssen, dass die Walze ausgeschaltet war.

„Mein Großvater findet es okay, dass mein Vater etwas mit einer neuen Frau hat“, murmelte ich.

„Na ja“, sagte Aurel, „aber es müsste ja nicht gerade die Walze sein.“ Dann blickte er mich an: „Deine Mutter ist gestorben?“

Ich bekam einen Moment lang keine Luft, aber dann nickte ich, und er nickte auch und sagte: „Sorry.“

Nach einer Weile schob er nach: „Meine Eltern sind auch nicht gerade Schokolade.“

„Warum?“, fragte ich.

„Meine Mutter rastet ziemlich schnell aus, und mein Vater noch schneller, aber anders.“

„Hm.“

„Er haut alles zusammen, wenn er ausrastet.“

Ich konnte mir nicht vorstellen, dass ein Vater alles zusammenhaut.

„Sorry“, murmelte ich.

Silbermist lag schon lange hinter uns und wir näherten uns der Brücke. Von Weitem sah ich das XY dort stehen, wo ich es geparkt hatte. Das war gut.

42
Autoteile

Erst als wir vor dem XY standen, fiel mir auf, dass etwas ganz und gar nicht gut war: Die Vorderräder fehlten! Das Auto war auf Steinen abgestützt, und dort, wo die Räder hätten sein müssen, ragten runde Metallscheiben aus der Karosserie.
„Jemand hat die Räder geklaut", stellte Aurel fest.
Ich erschrak: Waren in dieser Gegend nicht nur Unwetter und Bären gefährlich, sondern auch Diebe? Schnell griff ich nach meiner Klarinette, vielleicht war der Bösewicht ja noch in der Nähe. Wir gingen um das Auto herum und entdeckten niemanden. Schließlich setzten wir uns hinein, ich hinter das Steuer und Aurel auf den Beifahrersitz. Ich war verzweifelt.
„Ich habe kein Benzin, keinen Akku, keine Autoräder, und meinen Vater und meine Lehrerin habe ich auch verloren", seufzte ich.
Statt dass Aurel mitgeseufzt hätte, lachte er und sagte: „Nach dem Regen scheint die Sonne."
Das fand ich so daneben, dass ich auch lachen musste. Plötzlich sagte er: „Da kommt jemand. Zwei sogar."
Tatsächlich, von der Brücke her näherte sich die Pflaumenfrau mit einem Mann. Sie schob das Mofa, dessen Motor leise knatterte, und der Mann hielt in einer Hand einen Kanister. Mit der anderen stützte er etwas Großes, das auf ihrem Gepäckträger lag. Es waren zwei Autoräder.
„Eine Blondine", sagte Aurel.
„Das ist die Pflaumenfrau. Sie ist nett", erwiderte ich. Wir stiegen aus und gingen den beiden entgegen.

„Hello“, sagte die Pflaumenfrau und musterte Aurel erstaunt. „Papa?“, fragte sie dann und zeigte auf beide von uns. Meinte sie, dass wir Geschwister waren? Mir gefiel der Gedanke, und ich nickte. Trotzdem sagte ich auch noch: „Walze“, und deutete auf Aurel. Aurel kicherte, und die Verwirrung der Pflaumenfrau war wohl nicht kleiner als vorher, aber es gab Wichtigeres im Moment. Ich zeigte auf die Berge und fragte: „Papa?“

Das Gesicht der Pflaumenfrau verdüsterte sich, und sie schüttelte den Kopf. Der Mann hatte sich inzwischen am Tankdeckel zu schaffen gemacht und füllte das Benzin aus dem Kanister ein. Er sah finster aus. Er hatte dicke, schwarze Augenbrauen und einen sehr breiten und behaarten Oberkörper, das konnte man gut sehen, weil er nur ein weißes Unterhemd trug. Die Pflaumenfrau drückte ihm einen Kuss auf die Wange und erklärte Aurel und mir: „Jaro.“

Jaro nahm die Autoräder und schraubte sie wieder fest. Beim zweiten Rad winkte er Aurel zu sich und ließ ihn drei Schrauben anziehen. Aurel gab sich Mühe, alles richtig zu machen, und als sie fertig waren, sagte er mit Kennermiene: „Das hält.“

Jaro entfernte die Steine unter dem Auto, setzte sich ans Steuer und bedeutete mir, ihm den Schlüssel zu geben. Die Pflaumenfrau sprach aber auf ihn ein und zeigte auf mich. Er stieg aus, setzte sich auf den Beifahrersitz und legte sich meine Klarinette über die Beine. Aurel nahm auf der Rückbank Platz. Die Pflaumenfrau startete das Mofa, und ich fuhr das XY hinter ihr her.

„Wow“, sagte Aurel, und ich war stolz.

Die Straße zweigte vor Silbermist ab und führte in ein Seitental. Hier war nur noch ein schmaler Streifen in der Mitte der Straße geteert, und ich hoffte, dass uns kein Auto entgegenkam. Vielleicht hätte dann doch Jaro das Steuer übernehmen müssen. Er saß nach vorne gebeugt und schaute abwechselnd zur Pflaumenfrau und zu den Anzeigen auf dem Armaturenbrett. Seine Finger trommelten auf die Klarinette. Ich traute mich nicht, den Blick von der Straße zu nehmen und in den Rückspiegel zu schauen, aber ich spürte, dass Aurel dicht hinter mir saß und sich mit den Ellbogen zwischen den zwei Vordersitzen abstützte. Das Tal, in dem wir fuhren, war breit. Links und rechts der Straße gab es trockene Weiden, aber Kühe waren nicht zu sehen. Nach ein paar Minuten fuhr die Pflaumenfrau auf den Vorplatz eines kleinen Hauses. Dort stand auch eine Zapfsäule. Ich hielt an.

„Welcome“, brummte Jaro. Wir stiegen aus. Ein großer Hund schoss bellend auf uns zu und wurde ein paar Meter vor uns durch eine Kette zurückgehalten. Jaro rief ihm etwas zu, und er trollte sich hinter das Haus. Neben dem Haus verlief eine Mauer. Aurel schaute darüber und rief mir begeistert zu: „Ich glaub's nicht! Schau dir mal die vielen Autos an!“

Wirklich, der Hinterhof war voll von Autowracks. Bei den meisten fehlten die Räder, bei einigen auch die Türen. Unter dem Dach, das direkt ans Haus angebaut war, stapelten sich Reifen, Felgen und kleinere Metallteile, die ich nicht kannte. Wahrscheinlich stammten sie auch von den Autos.

„Weißt du, warum es hier in der Gegend so wenige Autos gibt?“, fragte Aurel und gab die Antwort gleich selbst: „Weil Jaro alle abfängt und zerlegt.“

Die Pflaumenfrau trat zu uns und sagte: „Sorry. Jaro.“ Sie zuckte lachend mit den Schultern und zeigte auf mich und das XY. Ich sagte: „Okay“, und lächelte ebenfalls. Wahrscheinlich wollte sie sagen, dass Jaro nur aus Versehen die Räder des XY abgeschraubt hatte. Er konnte schließlich nicht wissen, dass es mein Auto war, oder besser gesagt, Papas Auto.
„Hast du hier Empfang?“, fragte ich Aurel, aber der war bereits auf dem Weg zu Jaro, der ihn zu sich gewinkt hatte. Jaro gab ihm den Tankschlauch in die Hand und Aurel füllte Benzin ein, als hätte er das schon immer getan. Ich hatte keine Ahnung, wie viel eine Tankfüllung hier kostete. Ich gab Jaro fünfzig Euro, und er brummte etwas, ging ins Haus und gab mir wenig später drei Euro zurück.

43
Ein Wiedersehen

Und dann konnten wir endlich wieder auf die Suche nach Papa und der Walze gehen. Ich hatte mittlerweile solche Angst, dass ihnen wegen mir etwas zugestoßen sein könnte, dass mir beim Gedanken daran fast schlecht wurde. Es war bestimmt schon später Nachmittag und mit jeder weiteren Nacht draußen wurde es gefährlicher für sie. Wir stiegen wieder ins Auto, aber diesmal fragte Jaro in Zeichensprache, ob er fahren dürfe. Ich nickte. Die Pflaumenfrau setzte sich vorne neben ihn, und Aurel und ich saßen auf der Rückbank, als wären wir ihre Kinder. Vielleicht war das besser so. Ich wollte einfach keine Fehler mehr ma-

chen. Aurel sah mich von der Seite an und fragte: „Alles okay?“
„Ja, ich glaube schon“, sagte ich.
Jaro fuhr schnell. Immer, wenn er eine Rechtskurve machte, lag ich an Aurels Schulter, und bei Linkskurven rutschte Aurel zu mir herüber. Das fand ich schön. Die Straße kannte ich schon, wir fuhren den Berg hinauf. Nicht weit vom ersten Parkplatz, an der Stelle, wo uns alles weggeschwemmt worden war, kam uns plötzlich der Traktor entgegen. Wir hielten an. Die drei Erwachsenen redeten und gestikulierten.
„Papa?“, fragte ich. Die Pflaumenfrau nickte und sagte: „Papa. Walze.“
Jaro rief uns etwas über die Schulter zu, das wohl „festhalten!“, bedeutete. Dann wendete er das Auto.

Wenn Jaro vorher schnell gefahren war, dann raste er jetzt. Er schaute grimmig nach vorn und schnitt jede Kurve. Aurel und ich hielten uns an den Vordersitzen fest, um nicht hin und her geschleudert zu werden. Als wir in Silbermist ankamen, fuhren das Auto und die Motorräder des Suchtrupps gerade auch vor dem *Supermarket* ein. Nur der Traktorfahrer fehlte noch.
„Ich habe Angst“, flüsterte ich.
Aurel drückte mich kurz an sich und sagte: „Wird schon gut. Wenn etwas Schlimmes passiert wäre, wären sie direkt in die nächste Stadt gefahren.“
Die Tür des Autos öffnete sich. Ich hielt die Luft an. Zuerst sah ich nur Papas Trekkingschuh. Aber dann kam Papa hinterher, und auf der anderen Seite kletterte die Walze aus dem Auto.

„Papa!“, schrie ich, und er schrie: „Lila!“ Wir stürzten aufeinander zu, und schon war ich in seinen Armen vergraben und roch seinen Schweiß und hörte sein Herz pochen, und ich spürte, dass er genauso glücklich war wie ich.
Neben uns hörte ich die Walze ausrufen: „Aurel! Das ist ja nicht zu glauben! Was machst du denn hier?“
Ich linste unter Papas Arm hervor. Aurel grinste breit und sagte: „Guten Tag, Frau Stieger. Ich wollte nicht zu spät zu unserem Termin kommen.“
Die Walze griff sich an ihren zerzausten Kopf und murmelte: „Oje, oje, jetzt verstehe ich gar nichts mehr.“ Sie hielt sich am Auto fest. Die Pflaumenfrau und die anderen Leute standen um uns herum oder guckten ins XY hinein. Die Walze hatte noch nie so müde ausgesehen, und auch Papa sah ziemlich fertig aus. Sein Bart war bereits wieder sichtbar.
Die Pflaumenfrau näherte sich, sagte: „Baba?“, und hieß uns mitzukommen.
Papa drückte mich an sich, schaute in die Runde und nickte allen Dorfleuten zu, als wollte er sich bedanken. Dann setzten wir uns ins Auto: Papa ans Steuer und ich neben ihn. Seine Hände zitterten ein wenig. Die Walze schob sich neben Aurel auf die Rückbank.
„Die Räder sollten halten, sie sind frisch festgeschraubt“, sagte Aurel.
„Was?“, fragte Papa.
„Aurel hat mit Jaro zusammen die Räder wieder festgemacht“, erklärte ich.
„Wer ist Jaro?“, fragte die Walze.
„Der Typ auf dem Mofa, der Freund der Blondine“, sagte Aurel.

Jaro startete das Mofa, und die Pflaumenfrau machte es sich hinter ihm auf dem Gepäckträger bequem. Die leere Pflaumenkiste hielt sie in der Hand. So fuhren wir alle durch das Dorf und über das Feld zu Baba.

44
Viele Geschichten und ein Konzert

Hinter Babas Haus gab es eine Blutlache im Sand. Baba hatte schon wieder ein Huhn geschlachtet. In einem großen Topf kochte es zusammen mit dem Kohl, den Kartoffeln und den Karotten, die ich ihr gebracht hatte. Jaro lieh sich das XY, fuhr weg und kam nach einer halben Stunde mit vier zusätzlichen Plastikstühlen zurück. Wir stellten sie zusammen mit Babas Küchenstühlen im Kreis in den Vorgarten, nahmen die Teller auf die Knie, aßen und versuchten in verschiedenen Sprachen einander zu erklären, wer wir waren und wie wir uns kennengelernt hatten.
„Walze!“ Baba nahm strahlend Frau Stiegers Hand in beide Hände. Ich erschrak. Doch die Walze stutzte nur kurz, dann warf sie Aurel und mir einen dunkelblau blitzenden Blick zu und lachte. „Ja, Walze.“
Papa schaute Aurel mit großen Augen an. Er musste begriffen haben, dass er der „schwierige Fall“ war, mit dem sich die Walze in den Ferien herumschlug. Aber er schien noch nicht zu verstehen, was Aurel mit mir zu tun hatte. Es gab so viele Fragen, und wir brauchten bestimmt noch lange, um alles zusammenzusetzen, was in den letzten Tagen passiert war.

Zuerst erzählten Papa und die Walze, was sie seit meinem Verschwinden gemacht hatten. Sie waren furchtbar erschrocken, als sie bemerkt hatten, dass ich mitsamt dem Autoschlüssel verschwunden war. Sofort hatten sie sich mit Frau Stiegers Taschenlampe auf die Suche gemacht. Sie riefen nach mir und gingen in alle Richtungen. Schließlich beschlossen sie, zum Auto zu gehen, weil sie mich dort vermuteten. Das Problem mit der Taschenlampe war jedoch, dass sie in der Nähe alles gut sehen konnten, hinter dem Lichtkegel der Wald aber umso schwärzer war. So verliefen sie sich und konnten den Parkplatz nicht finden, obwohl sie während der ganzen Nacht immer wieder zum Bach zurückkehrten, um es von Neuem zu versuchen.
„Kennst du den Trick mit den drei Bäumen nicht?", fragte ich.
Papa schaute mich erstaunt an, und dann erklärte ich, wie ich nachts zum Auto gelangt war.
Am nächsten Morgen war alles viel einfacher gewesen, und sie fanden die Stelle dann doch. Nur war das Auto nicht da. Das beruhigte sie aber auch ein wenig, weil sie nun wussten, dass ich nicht vom Bären gerissen worden war. Es blieb ihnen nichts anderes übrig, als sich zu Fuß auf den Weg ins Tal zu machen. Leider war auch das nicht so einfach, weil sie zwischendurch immer wieder zum Silberbach hinabsteigen mussten, um Wasser zu trinken. Sie hatten keine Flasche dabei und auch nichts zu essen. Ab und zu pflückten sie ein paar Beeren.
„Wir haben alles stehen und liegen lassen, um dich zu suchen", seufzte Papa.
„Warum haben Sie kein Floß gebaut und sind direkt ins Dorf geschippert?", fragte Aurel.

Die Walze musterte ihn, als ob sie solche Fragen nicht von ihm gewohnt wäre, und erklärte: „Die Schluchten sind zu eng und zu wild. Es gibt Wasserfälle. Außerdem hatten wir kein Werkzeug und keine Schnur dabei.“
„Ach so“, sagte Aurel.
Dann erzählte ich, was ich in der Zwischenzeit gemacht hatte, und Aurel erzählte von seiner Zugfahrt. Er war in einem Abteil mit einer österreichischen Familie gefahren, die die ganze Nacht über picknickte. Um ihre Geräusche auszublenden, war ihm nichts anderes übrig geblieben, als Musik zu hören und in die Nacht hinauszuschauen. Ich schielte immer wieder zur Walze und fürchtete ihren beißenden Blick, aber dafür schien sie zu müde zu sein.
Es war bereits dunkel geworden. Irgendwann stand Jaro auf und holte, ohne zu fragen, meine Klarinette aus dem Auto. Er begann zu spielen, ein Lied ohne Ende, und alle wurden still. Ich staunte, dass ein Mann mit einem so kräftigen Körper so feine und schnelle Finger haben konnte. Ob nachher seine Spucke in meiner Klarinette war? Ich schob den Gedanken weg, schaute in den Sternenhimmel und lauschte den Tönen, die mal schnell und rhythmisch, mal langsam und leise waren. Baba verschwand im Haus und brachte uns Decken. Nacheinander versanken wir in unseren Stühlen, und irgendwann standen wir wortlos auf. Die Walze und Papa setzten sich auf die Vordersitze des Autos, und Aurel und ich klappten den Rücksitz flach und legten uns, so gut es ging, in den Kofferraum. Jaro spielte und spielte, vielleicht spielte er die ganze Nacht. Wir schliefen alle.

45
Nach diesen Ferien wird alles anders sein

Am Morgen hörte ich vorne Papa flüstern: „Kein Netz und kein Akku."
„Ich muss unbedingt seine Eltern benachrichtigen", flüsterte die Walze zurück.
Ich schaute zu Aurel hinüber. Er lag mit geschlossenen Augen auf dem Rücken, hatte aber ein Grinsen auf dem Gesicht. Er blinzelte mir zu, und ich musste leise lachen.
Die Walze drehte sich um, und ich erklärte, dass es in Silbermist nur beim *Supermarket* Empfang gab.
„Wo?", fragte die Walze.
„In Silbermist", sagte Aurel. „So heißt das Dorf hier."
Wir brachten Baba die Decken ins Haus, und ich zeigte den anderen die Kiste mit den Küken. Baba lächelte und nickte stolz. Auf dem Tisch lag meine Klarinette. Jaro und die Pflaumenfrau waren nicht mehr da.
Dann fuhren wir eine Stunde lang in der Gegend herum und luden alle Akkus ein wenig auf, damit wir telefonieren konnten: Aurel und die Walze mussten Aurels Eltern benachrichtigen. Er hatte nämlich einfach sein Taschengeld genommen, den Geldbeutel der Mutter geleert und war getürmt. Er hatte den Eltern nur geschrieben, dass er einen längeren Termin bei der Walze habe. Wahrscheinlich hatte sie das nicht lange beruhigt. Jetzt waren sie außer sich und gaben der Walze die Schuld an seinem Verschwinden. Ich war ein bisschen schadenfroh, aber Aurel verteidigte die Walze vor seinen Eltern, bis sie sich beruhigt hatten und wussten, dass er in Begleitung von Frau Stieger nach Hause reisen würde. Papa

rief beim *Supermarket* Oma und Opa Perk an und erzählte, was passiert war. Nachher sprach ich noch mit Oma. Sie war ganz aufgeregt: „Du lieber Himmel, Lila, was haben wir uns für Sorgen gemacht! Ist denn jetzt alles gut?"
„Ja ...", sagte ich.
„Machst du dir Sorgen wegen Frau Stieger?"
Ich schwieg. Oma sagte: „Ich verstehe dich, Lila. Lass dir nur etwas Zeit."
Ich sah, wie die Pflaumenfrau auf ihrem Mofa herbeifuhr, und verabschiedete mich von Oma.
Die Pflaumenfrau stieg vom Mofa und sagte: „Foto."
Wir stellten uns alle neben das Auto, und sie fotografierte uns mit jedem unserer Handys. Ich versuchte, nicht zu nahe bei der Walze zu stehen. Dann fotografierte ich auch die Pflaumenfrau und den *Supermarket*.
Nachher sagte die Walze in einem Ton, der keine Widerrede erlaubte: „Aurel, ich muss unter vier Augen mit dir sprechen."
Ich wollte dafür einen Moment mit Papa allein sein und schlug vor, ihm die Kirche zu zeigen.
Wir schlenderten durch Silbermist. Papa sagte: „Siehst du, Lila? Wenn man eine Person verliert, sucht man sie, bis man sie wiederfindet. Jetzt habe ich dich wieder."
Ich sagte: „Die Pflaumenfrau hat auch einen Suchtrupp losgeschickt."
Er sollte bloß nicht denken, dass er als Einziger auf der Suche gewesen war in den letzten Tagen, sondern auch ich und viele andere.
Wir traten in den Kirchenraum. Der Kerzenstummel von gestern klebte noch am Boden. Ich blieb vor dem Bild mit der toten Maria stehen, und mir wurde ganz schwer.
„Oh", sagte Papa. Er legte mir die Hand auf die Schulter,

und lange standen wir einfach da und schauten das Bild an.
Dann fragte er: „Vermisst du Mama?“
Das hatte er mich noch nie gefragt.
„Ja klar, was denkst du denn“, wollte ich schreien, aber ich brachte nur ein Krächzen zustande.
„Ich auch“, sagte Papa.
„Stimmt gar nicht“, sagte ich, „du hast ja die Walze.“
Papa lächelte, aber dann sagte er ernst: „Ja, ich finde Renate toll. Aber deine Mutter fehlt mir trotzdem.“
„Das geht nicht beides“, sagte ich trotzig.
„Doch“, sagte Papa. „Das geht.“
Er beugte sich ein wenig zu mir und sagte: „Aber es geht nicht so schnell wie ich dachte. Jetzt fahren du und ich erst mal zu zweit nach Kroatien.“
„Und Aurel und die Walze?“
„Renate muss Aurel zu seinen Eltern zurückbringen. Wahrscheinlich muss sie ziemlich dafür kämpfen, dass sich für ihn alles einrenkt. Bei ihm steht ja alles auf der Kippe.“
„Aurel ist in Ordnung“, sagte ich.
„Klar“, sagte Papa.
Wir gingen zurück zum *Supermarket*. In sechs Stunden mussten Aurel und die Walze bereits den Zug nach Westen nehmen, damit sie morgen Nachmittag wieder zu Hause waren. Deshalb fuhren wir mit dem Auto nochmals den ganzen Weg den Berg hinauf und wanderten den Silberbach entlang bis zu unserem Höhlenhaus.
Aurel staunte: „Cool! Und ihr musstet jeden Tag Feuer machen?“
„Klar“, sagte Papa stolz.
Die Walze musterte Aurel: „Eigentlich wäre diese Art von Ferien ganz gut für dich.“

Aurel schaute augenrollend zu mir und erwiderte: „Kein Problem, ich bin dabei. Schließlich habe ich den ganzen Weg auf mich genommen, um mir das hier anzusehen."
Wir packten alles zusammen, die Schlafsäcke, das Essgeschirr und Frau Stiegers Gepäck. Dann pflückten wir die Lebensmitteltüten von den Bäumen, die der Bär auch während unserer Abwesenheit nicht gefunden hatte, und machten uns auf den Weg zurück durchs Silbertal. Bevor wir in den Wald traten, schaute ich wehmütig zurück. Ob ich wieder einmal hierherkommen würde? Aurel stand ganz nahe neben mir und sagte: „Hier ist es schön."

46
Abschied auf dem Bahnhof

In Silbermist fuhren wir zuerst zu Jaro, um nochmals zu tanken und uns von ihm zu verabschieden. Er gab uns allen die Hand und klopfte Aurel auf die Schulter. Auch die Pflaumenfrau war da. Sie packte eine Plastiktüte mit Pflaumen voll und gab sie mir. Als ich ihr die Hand geben wollte, schüttelte sie heftig den Kopf und bedeutete mir, dass sie noch mit uns bis zu Baba kommen würde. Und so fuhren wir ein weiteres Mal hinter der Pflaumenfrau und ihrem Mofa durch Silbermist. An der Abzweigung zu Baba knuffte mich Aurel in die Seite und flüsterte: „Kann ich auch mal fahren?"
Ich fragte Papa. Er hielt an und schaute unentschlossen zur Walze. Sie runzelte die Stirn: „Das kommt gar nicht infrage. Kinder dürfen nicht Autofahren, das gilt auch hier."
Papa räusperte sich, und Aurel sagte: „Aber Lila fährt auch!"

„Das war ein Notfall“, sagte die Walze, aber Papa meinte mit einem Blick in Aurels Richtung: „Es ist sicherer, wenn auf so einer Reise alle fahren können.“
„Mhm“, brummte die Walze, und dann gab sie sich einen Ruck: „Na dann.“
Papa sagte auch: „Na dann“, stieg aus und überließ Aurel das Steuer. Aurel fuhr auf dem Feldweg und warf zwischendrin der Walze einen triumphierenden Blick zu.

Bei Baba verabschiedete ich mich zuerst von den Küken und dann von ihr selbst. Sie gab mir eine Tomate. Dann legte sie ihre runzligen Hände um mein Gesicht und murmelte etwas, aber ich verstand nur„Lila“.
„Baba“, sagte ich, und ich dachte daran, dass ich sie vielleicht nie mehr sehen würde.
Ich fragte Papa, ob wir nächstes Jahr wieder nach Silbermist reisen könnten. Die Walze und er lachten, als hätte ich einen Scherz gemacht.
„Ich wäre dabei“, meldete sich Aurel. Wenigstens er verstand mich.
Papa nestelte einen Geldschein hervor und verschwand in Babas Küche. Sie würde ihn finden, wenn wir schon weggefahren waren. Der Abschied von der Pflaumenfrau fiel mir schwer, und ich sah, dass auch sie Tränen in den Augen hatte, als sie mich umarmte.
„Thank you“, sagte ich, und sie sagte ebenfalls: „Thank you.“

Als wir ins Dorf zurückfuhren, setzte ich mich ans Steuer. Ich wollte der Walze beweisen, dass ich auch Autofahren konnte. Sie schüttelte ungläubig den Kopf und seufzte: „Also wirklich.“

Nach ein paar Metern wiederholte sie: „Also wirklich", aber dann lachte sie nur noch und steckte uns alle an damit.
Nach dem Feldweg fuhr ich einfach weiter in die Dorfstraße hinein und in Richtung Bahnhof. Bei einigen Häusern standen Leute, die auch schon beim Suchtrupp mitgemacht hatten. Sie hoben die Hand, als wir vorbeifuhren.
Der Zug stand bereit, obwohl es noch eine halbe Stunde dauerte, bis er abfahren sollte. Ein Mann mit einer Kartonschachtel kam eilig über den Bahnhofsplatz auf uns zu: der Mann mit der blauen Schürze aus dem *Supermarket*! Hatten wir dort etwas vergessen? Er öffnete die Schachtel und schien sich selbst über den Inhalt zu freuen. Darin lag Eis am Stiel: Zweimal mit Zitrone, einmal mit Vanille und einmal mit Schokolade. Der Mann streckte vier Finger in die Höhe, und die Walze gab ihm ein paar Münzen.
Wir setzten uns auf die Rampe und aßen das Eis. Wir sprachen nicht viel, und die Sonne schien uns ins Gesicht. Dann mussten Aurel und die Walze einsteigen. Aurel knuffte mich in die Seite und unterdrückte ein Lachen, als sich Papa und die Walze umständlich umarmten und sich verstohlen auf den Mund küssten. Ich wandte den Blick ab.
Aurel hob seine Sporttasche auf und sagte: „Also."
„Gut", sagte ich, und mein Herz klopfte wild. Aurel umarmte mich und drückte mir einen Kuss auf die Wange. Der Kuss war kalt vom Eis, und ich spürte ihn noch, als Aurel und die Walze bereits im Zug saßen.

Als der Zug Silbermist verließ, stiegen auch Papa und ich ins XY und fuhren los, den Silberfluss entlang talabwärts, durch Dörfer und auf die Autobahn, die uns nach Süden zu Oma und Opa Perk bringen sollte.